新・浪人若さま
新見左近【十二】
すももの縁

佐々木裕一

双葉文庫

目次

新見左近——浪人新見左近を名乗り市中に出るが、その正体は甲府藩主徳川綱豊。たびたび市中に繰り出しては、秘剣葵一刀流でさまざまな悪を成敗しつつ、自由な日々を送っていた。五代将軍綱吉たっての願いで仮の世継ぎとして西ノ丸に入ってからは平穏な日々を過ごしていたが、京にいるはずのお琴の身に危難が訪れたことを知り、ふたたび市中へくだる。晴れて西ノ丸から解放され、桜田の甲府藩邸に戻る。

お峰——実家の旗本三島家が絶えたため、母方の伯父である岩城雪斎の養女となっていた、左近の亡き許嫁。妹のお琴の行く末を左近に託す。

お琴——お峰の妹で、左近の想い人。小間物問屋、中屋の京の出店をまかされ江戸を離れていたが、店を焼かれたため江戸に逃れ身を潜めていた。貴船屋の事件解決後、左近と無事再会を果たし、三島町で小間物屋の三島屋を再開している。

権八——およねの亭主で、腕のいい大工。女房のおよねともども、お琴について京に行っていた。江戸に戻ってからは大工の棟梁となり、三島屋裏の鉄瓶長屋で暮らしている。

およね——権八の女房で三島屋で働いている。よき理解者として、お琴を支えている。

吉田小五郎——甲州忍者を束ねる頭目で、左近の警固役。幼い頃から左近に仕え、全幅の信頼を寄せられている。三島町で再開した三島屋の隣で煮売り屋をふたたびはじめ、配下のかえでと共にお琴の身を警固する。

かえで——小五郎配下の甲州忍者。小五郎と共に左近を助け、煮売り屋では小五郎の女房だと称している。

岩城泰徳——お峰とお琴の義理の兄で、本所石原町にある甲斐無限流岩城道場の当主。父雪斎が左近の養父新見正信と剣友で、左近とは幼い頃からの親友。妻のお滝には頭が上がらぬ恐妻家だが、念願の子を授かり、雪松と名づけた。

間部詮房——左近の養父で甲府藩家老の新見正信が、左近の右腕とするべく見出した俊英。左近が絶大な信頼を寄せる、側近中の側近。

岩倉具家――京の公家の養子となるも、密かに徳川家光の血を引いており、将軍になる野望を持っていたが、左近の人物を見込み交誼を結ぶ。鬼法眼流の遣い手で、京でお琴たちを守っていたが、修行の旅を経て江戸に戻ってきた。市田実清の娘光代を娶る。

西川東洋――上野北大門町に診療所を開く、甲府藩の御殿医。一時、診療所を弟子の木田正才と女中のおたえにまかせ、七軒町に越していたが、ふたたび北大門町に戻り、三人で暮らしている。

篠田山城守政頼――左近が西ノ丸に入る際に、綱吉が監視役として送り込んだ附家老。通称は又兵衛。元は直参旗本で、左近のもとに来るまでは、五年にわたって大目付の任に就いていた。

おこん――西川東洋の友人の医師、太田宗庵の娘。嫁入り前の武家奉公のため、甲府藩の桜田屋敷に入り、奥御殿女中を務めている。

真衣――桜田屋敷の奥御殿女中の一人。御家人である親の出世のため、左近を色仕掛けで籠絡しようとしたが失敗。のちにおこんのよき友人となる。

皐月――間部の遠縁で、奥御殿女中の指導役。おこんたちを厳しくも温かく見守っている。

堀部安兵衛――元赤穂藩士で、直心影流堀内道場四天王の一人。泰徳を通じて左近と交誼を結んでいたが、お家取り潰しのあと、江戸から姿を消す。

奥田孫太夫――元赤穂藩馬廻役。堀内道場四天王の一人。安兵衛と共に、左近と親しくしていた。

新井白石――左近を名君に仕立て上げるべく、又兵衛が招聘を強くすすめた儒学者。本所で私塾を開いており、左近も通っている。

徳川綱吉――徳川幕府第五代将軍。四代将軍家綱の弟で、甥の綱豊（左近）との後継争いの末、将軍の座に収まる。だが、自身も世継ぎに恵まれず、その座をめぐり、娘の鶴姫に暗殺の魔の手が伸びることを恐れ、綱豊に、世間を欺く仮の世継ぎとして、西ノ丸に入ることを命じた。

柳沢保明――綱吉の側近。大変な切れ者で、綱吉の覚えめでたく、老中上座に任ぜられ、権勢を誇っている。

徳川家宣

江戸幕府第六代将軍
寛文二年（一六六二）〜正徳二年（一七一二）

寛文二年（一六六二）四月、四代将軍徳川家綱の弟で、甲府藩主徳川綱重の子として生まれる。綱重が正室を娶る前の誕生であったため、家臣新見正信のもとで育てられる。

寛文十年（一六七〇）、九歳のときに認知され、綱重の嗣子となり、元服後、綱豊と名乗る。延宝六年（一六七八）の父綱重の逝去を受け、十七歳で甲府藩主となる。将軍家綱が亡くなった際には、世継ぎとして候補に名があがったが、将軍の座には、叔父の綱吉が就いた。

五代将軍綱吉も、嫡男の早世や、長女鶴姫の婿である紀州藩主徳川綱教の死去等で世継ぎに恵まれなかったため、宝永元年（一七〇四）、綱豊が四十三歳のときに養嗣子となり、江戸城西ノ丸に入り、名も家宣と改める。宝永六年（一七〇九）の綱吉の逝去にともない、四十八歳で第六代将軍に就任する。

将軍就任後は、生類憐みの令をはじめとした、前政権で不評だった政策を次々と撤廃。間部詮房を側用人として重用し、新井白石の案を採用するなど、困窮にあえぐ庶民のため、政治の刷新をはかり、万民に歓迎される。正徳二年（一七一二）、五十一歳で亡くなったため、治世は三年あまりとごく短いものであったが、徳川将軍十五代の中でも一、二を争う名君であったと評されている。

新・浪人若さま 新見左近【十二】

すももの縁

第一話　生き地獄

一

「この役立たずめが！」

　こうしてやる、こうしてやると繰り返し、竹鞭（たけむち）を持った父親から折檻（せっかん）されている男児は、背中を打たれるたびに悲鳴をあげ、うずくまって怯（おび）えた。

　薄い背中は赤くただれ、まだ癒（い）えていない傷に竹鞭が当たって血が飛び、父親の着物を汚した。

　それを見た父親は、目を見張る。息子に怪我（けが）をさせてしまった驚きではなく、登城用の裃（かみしも）が汚れたことに驚いたのだ。

　その怒りがまた息子に向けられ、鬼の形相（ぎょうそう）で竹鞭を振り上げた。

「助けて」

声をあげて起き上がった三峰勝九郎は、夢だったことに安堵の息を吐いた。首を垂れた時、とっくに治っているはずなのに背中の痛みを感じて、顔を歪める。

父親から昨日届いた文が目にとまり、そのせいで昔の夢を見たのだと思い、舌打ちをして仰向けになった。

「おれは運がない男だ」

愚痴を言いたくなるのも無理はない。

三峰家の次男に生まれ、二十二歳になるまで父親から疎まれてきた勝九郎は、二年前にやっと赤穂藩に仕官が叶って家を出ていたというのに、主君浅野内匠頭が松の廊下で吉良上野介に斬りつけた咎で、主家が改易にされてしまった。鉄砲洲の藩邸を公儀に返上した日に近くの長屋に移り住んでからは、憎い父がいる実家に帰る気になるはずもなく、上役で兄弟子の堀部安兵衛に従っていた。そして、近々赤穂に向けて江戸を発つという時にこの文が届き、実家に戻るよう命じられたのだ。

父はどこで居場所を嗅ぎつけたのか……。

折檻をする父の恐ろしい目が頭から離れず、寝酒にしていた焼酎の徳利をつかんでがぶ飲みした。そして、忌々しい文を見つめる。

三峰家は、家康の代から仕えている五千石の旗本。

兄の貴興は、隠居を許された父の跡を継いで当主となったばかりで、今が大事な時。

父宗実は、できの悪い勝九郎が籠城の噂のある赤穂へ行ってご公儀に逆らえば、貴興の立場が悪くなると考え、行けば母親を屋敷から追い出すと脅してきたのだ。

妾腹の子である勝九郎には、同腹の妹がいる。

歳が十五も離れている千夏はまだ縁談には早く、自分が主君内匠頭への忠義を貫けば、母と共に路頭に迷うことになる。

優しい母と妹に苦しい思いをさせたくないという気持ちと、武士として、安兵衛たちと共に潔く散りたいと願う気持ちとのあいだで板挟みになり、苦悩した勝九郎は、また焼酎をがぶ飲みした。

酔っても踏ん切りがつくはずもなく、

「くそっ！」

父に対する怒りをぶつけるように徳利を土間に投げつけた。徳利は音を立てて割れ、破片が板壁に当たった。

「うるさいよ！」

隣の女房が薄い壁をたたいて抗議し、子供が泣く声が聞こえた。

「すみません」

素直に声が出たのは、隣の娘を怖がらせてしまったと思ったからだ。

母と千夏の顔が頭に浮かんだ勝九郎は、横になって夜着を被った。

そして翌朝、部屋の掃除をした勝九郎は、羽織と袴を着け身支度をすませて長屋を出た。父の脅しに屈して屋敷に戻るべく、番町の実家に足を向けたのだが、夢と希望に満ちていた赤穂藩の上屋敷が見える太鼓橋のてっぺんに立って目を向けると、やはり、安兵衛たちと江戸を発つことができぬ無念の思いがよみがえり、大きなため息が出た。

ふと、剣術の師である堀内源左衛門に相談したくなり、小石川牛天神下へ走った。

二

この日、岩城泰徳は、今年十二歳になった息子の雪松に直心影流の稽古を見せてやろうと、親子で堀内道場に来ていた。

日々剣術の稽古に励んでいる雪松は、

「急に大きくなった気がします」

母のお滝に頼もしそうに言わせるほど背が伸び、己の考えをはっきり述べるようになっている。

門弟たちが立ち合い形式で稽古をするのを黙って見学していた雪松は、泰徳に顔を近づけて言った。

「父上、堀部安兵衛様ほど腕が立つお方はおられませんね」

泰徳は慌てた。

「これ、声が大きい」

門人たちのかけ声で、道場主の源左衛門には運よく聞こえなかったようだが、泰徳は雪松の腕を引いて告げる。

「人の耳目はどこにあるかわからぬから、外で人を悪く言うてはならぬと母から叱られたのを忘れたか」

「そうでした」

雪松はばつが悪そうに応じて、前を向いた。そして、若い門弟が兄弟子に攻められて突き飛ばされ、尻餅をついたのに顔を向け、凄い、と目を丸くする。

「父上、前言を撤回します」

源左衛門が笑い、泰徳に言う。

「雪松殿は、厳しい目をお持ちのようだ」

聞こえていたのだと思った泰徳は、慌てて頭を下げた。

「申しわけない」

「いやいや。確かに、安兵衛に勝る者はここにはおらぬのです。皆、安兵衛を手本としておりましたからな」

泰徳は気になっていたことを切り出す。

「安兵衛殿は、その後顔を出されておりますか」

源左衛門は稽古から目を離して泰徳を見ると、寂しそうな顔を横に振った。

「よからぬ噂があり案じておるのですが、安兵衛のみならず、浅野家の旧臣は誰も姿を見せてはおりませぬ」

「そうですか」

前を向く泰徳に、源左衛門が問う。

「奥田孫太夫が浅野家に誘うておった新見左近殿は、今どうしておられる。仕官の話がのうなって、気を落としてはおられぬか」

「仕官のことはともかく、お二人の身を案じております」

「赤穂で籠城が起きる噂は、新見殿の耳にも入っておるのですか」

「はい」

「あの噂は、いったいどこから広まったのか」

「と、おっしゃいますと」

問う泰徳に、源左衛門は渋い顔で応じる。

「わしは、筆頭家老の大石内蔵助殿にお目にかかったことがあるのだが、なかなかの人物だった。血気盛んな安兵衛ならともかく、大石殿が勝ち目のない戦を仕掛けるようには思えぬのだ」

「ご公儀の不公平な裁きを世に訴えるつもりならば、籠城はあるような気もいたしますが」

「この世は不公平で成り立っておるようなものではないですか。一度くだした沙汰を公方様が覆されるはずもないのだから、籠城は犬死にするのと同じです」

「確かにおっしゃるとおり」

「そこがわからぬ大石殿ではあるまい」

「では、噂はどこから」

「息巻いておる者の声が広まったのだと、わしは睨(にら)んでおります」

「では、元は安兵衛殿とお考えですか」

「わしの悪い予感が当たっておれば、もう江戸にはおらぬかもしれませぬな」

泰徳は、左近の憂(うれ)いを口にした。

「奥田殿と安兵衛殿は、内匠頭様のおそばに仕えた身。吉良様との確執について詳しく話せば、国許(くにもと)の方々(かたがた)が立腹する恐れがあります」

源左衛門は険しい顔で問う。

「大石殿が、江戸組に押し切られると言われるか」

「内匠頭様のご最期は、関わりのないわたしが耳にしても無念であったろうと思い、お上に腹が立ちます。忠臣が聞いて、冷静でおられましょうか」

源左衛門は渋い顔でうなずく。

「そう言われてみれば、確かに……」

源左衛門がふと廊下に目を向け、嬉しそうな顔をした。

泰徳が見ると、廊下を歩んできた若い門人が片膝(かたひざ)をついて頭を下げる。

源左衛門がうなずいて、弟子をいたわるように優しい声をかける。

「勝九郎、ようやっと姿を見せおったか。ちょうどお前たちのことを話していたところだ。まあ、ここに来て座れ」

「はは」

見所の前に来て正座する勝九郎が赤穂藩士だと知っている泰徳は、暗い顔をしているのが気になった。

「安兵衛殿と奥田殿は、今どこで何をされているのだ」

泰徳をよく知る勝九郎は、首を横に振る。

「知りませぬ」

目の動きから、勝九郎の嘘を見抜いた泰徳だったが、しつこくは問わなかった。

じっと勝九郎を見ていた源左衛門が、稽古をしている門人たちに声をかける。

「今日はそこまでじゃ」

応じて集まり、源左衛門に頭を下げた門人たちは、勝九郎を見て察したのだろう。声をかけず目であいさつをすると、汗を流しに出ていった。

泰徳も気を使い、雪松に外で遊ぶよう告げて行かせた。

三人になったところで、源左衛門が勝九郎に顔を向けた。

「悩んだ顔をしておるな。わしらにできることならなんでもするゆえ、胸の内を明かしてみよ」

勝九郎は微笑を浮かべた。

「実家に帰ることになりましたものですから、お師匠にお伝えしに立ち寄っただけにございます」

頭を下げて帰ろうとする弟子を、源左衛門が引き止める。

「泰徳殿なら心配ない。決して漏らさぬから本音を申してみよ」

勝九郎は急に突っ伏し、苦しみを吐き出すように、安兵衛たちと赤穂に行くつもりだったと告げて嗚咽(おえつ)する。

源左衛門に顔を向けられた泰徳は、やはりそうか、という胸の内を表情に出し、無言でうなずく。

源左衛門は、勝九郎の肩をつかんだ。

「迷うておるのか」

「ほんとうは、今から赤穂へ走りとうございます。されど父から、赤穂へ行けば母を屋敷から追い出すと言われてしまいました。母が出されれば、妹もついていくでしょう」

「決めかねて、わしに会いに来たのか」

「はい」

「お前の忠義は見上げたものだ。だがよう考えてみよ。お前の家は代々、徳川家の禄を食んでおる。一時の感情に流されて籠城に加われば、謀反人になるのだ。実家も無事ではすむまい」

「…………」

「不服そうじゃな。家に帰りとうない気持ちはようわかるが、ここはこらえて、お父上の命に従え」

　勝九郎は頭を下げた。

「おかげさまで、ようやく腹を決めることができました。実家に帰ります」

「うむ、それがよい。そもそもわしは、籠城はないと思うておる」

　顔を上げた勝九郎は、また微笑を浮かべた。

　何かを知っていると睨んだ源左衛門が問う。

「孫太夫と安兵衛は、今どこにおる」

　笑みを消した勝九郎がまた下を向く。

「それだけは言えませぬ。お許しください」

「江戸におるかどうかくらいは、教えてくれてもよいではないか」

　源左衛門が不満げに訴えても、勝九郎は口を割らなかった。

泰徳が膝を進めた。

「勝九郎殿、お二人をみすみす死なせとうない。どうしても伝えたいことがあるから教えてくれぬか」

勝九郎はふたたび頭を下げた。

「言い方が悪うございました。わたしも、お二人が今どこにおられるのかほんとうに知らないのです。各自江戸を発ち、赤穂城下で会う約束をしておりました」

泰徳は、左近に言われていたことを口にした。

「お二人とも、ちとお聞きくだされ」

応じて顔を向ける源左衛門に、泰徳は話を切り出す。

「実は、孫太夫殿と安兵衛殿を召し抱えたいとおっしゃるお大名がおられます」

源左衛門はうなずく。

「どちらのお家か」

「甲府(こうふ)の、徳川綱豊(つなとよ)侯です」

「なんと」

喜んだ源左衛門だが、不思議そうな顔で問う。

「どうして甲州(こうしゅう)様からお声がかかったのです」

泰徳が言葉を選んでいると、源左衛門が先に言う。

「さては、泰徳殿が推してくれたのですか」

「まあ、そんなところです」

「甲府徳川家のどなたと親しいのです」

「甲州様です」

「ええっ！」

源左衛門は声をあげ、勝九郎も目を丸くしている。

源左衛門が身を乗り出して訊く。

「甲州様と面識があるのですか」

「はい。古い付き合いです」

「それは初耳だ。そんな大事なことを、どうして今まで黙っておったのです」

「すみません。深い意味はないのです」

源左衛門は目を細めた。

「貴殿らしいといえば貴殿らしいが、ちと水臭いですぞ」

泰徳は笑みを浮かべ、改まって言う。

「仕官のことを二人に伝えるには、どうすればよいでしょうか」

応じた源左衛門が、勝九郎に問う。

「安兵衛は、腹を立てておったか」

「いえ、冷静でした」

「うぅむ、それはまずい。よほど腹に据えかねておる証じゃ。孫太夫は」

「穏やかなのですが、どこか近寄りがとうございました」

源左衛門は渋い顔をして、泰徳に言う。

「甲州様に召し抱えられるのはこのうえない喜びのはずですが、二人の様子だと、応じるとは思えませぬぞ」

それでも泰徳はあきらめず、勝九郎に問う。

「二人が赤穂へ行くのは、確かなのか」

「はい。近いうちに江戸を発たれます」

「では、わたしが行って説得するしかない」

源左衛門が驚いた。

「赤穂へ行くと申されるか」

「それが近道だと思いますので」

「勝九郎、泰徳殿がこうまで言うてくださっておるのだ。二人の居場所を教えぬか」

「お許しください。ほんとうに知らないのです。お師匠こそ、安兵衛殿のご妻女と舅殿と親しいのではありませぬか。問うてみられてはいかがでしょう」

「とっくに問うたが、二人は安兵衛から口止めをされておるのか、それともお前と同じなのか、知らぬの一点張りじゃった」

「そうでしたか」

下を向く勝九郎が嘘を言っているようには思えない泰徳は、源左衛門に言う。

「やはり赤穂へ行くこととします。支度がありますので、これにて失礼します」

「泰徳殿」

源左衛門が改まり、頭を下げた。

「このとおり、孫太夫と安兵衛をお頼みします」

弟子を死なせたくないのだと思った泰徳は、必ず説得すると約束して、雪松を連れて道場をあとにした。

辛そうに走る雪松を励ましながら急いで本所石原町に戻った泰徳は、道場の裏手に回り、お滝に告げるべく台所に向かう。

いつもは夕餉の支度にかかっているはずだが、姿がなかった。

「母上、ただいま戻りました」

雪松の声に応じるお滝の声が表からした。

程なく台所に来たお滝が、泰徳に告げる。

「岩倉様がお待ちです」

「岩倉殿が？」

なんの用かと問うと、お滝が答える前に、岩倉具家が遠慮なく台所の板の間に来た。

「顔を見に来ただけだ」

そんなはずはないと思った泰徳は、岩倉を促し、板の間で向き合って座った。

「何か大事なことですか」

「いいや。近くに用があったゆえ、ほんとうに顔を見に寄っただけだ。ついでに、左近が来ておるなら顔を拝んでやろうと思うてな」

「左近をお捜しですか」

「どこで何をしておるのか、お琴殿の店にも、藩邸にもおらぬ。ふらりと出ていって戻らぬそうだ」

「おそらく、堀部安兵衛殿と奥田孫太夫殿を捜しているのでしょう」

岩倉が薄笑いを浮かべた。

「そんなことではないかと思うていた」

茶を持ってきたお滝に、泰徳が言う。

「赤穂へ行くことにした」

お滝は目を見張る。

「まさか、籠城に加わると言うのではないでしょうね」

「そうではない。孫太夫殿と安兵衛殿を連れ戻すためだ」

事情を知っているお滝は納得した。

「いつです？」

「明日にも発つ。支度をしてくれ」

「やめておけ」

止める岩倉に、泰徳が顔を向ける。

「どうして止める」

「誰が見ても武骨者（ぶこつもの）のおぬしが行けば、赤穂の者たちから公儀隠密（こうぎおんみつ）だと疑われて警戒されよう。二人に会うどころか、襲われるぞ」

「そうかもしれぬが、行かなければ止められぬ」

「どうしても行くと言うのなら、息子を伴え。旅の親子ならば、警戒も薄れよう」

泰徳は驚いたが、岩倉の言うとおりだと納得した。

「なるほど。雪松には旅をさせてやりたいと思うていたから、連れていこう」

「父上、ほんとうに連れていってくださるのですか」

横で聞いて目を輝かせる雪松に、泰徳は告げる。

「遊びではない。厳しい旅になるぞ」

「心得ました」

「では、わたしもまいります」

お滝が言うものだから、泰徳は目を見張った。

「本気か」

「はい。そのほうが、お前様も動きやすいでしょう」

「それはもっとよいな」

賛同した岩倉が、湯呑みを置いて泰徳を見る。

「ではわたしが、上方の案内をしてやろう」

泰徳は心強いと思ったが、案じる顔で訊く。

「まことに、行ってくれるのか。光代殿はよろしいのか」

「実は、今日来たのは他でもない。おぬしを赤穂に誘うつもりだったのだ。動けぬ左近のために、赤穂の様子を見に行かぬかとな。光代のことなら心配するな。わたしがおらぬあいだは市田(いちだ)の実家で羽を伸ばすそうだ」

苦笑いを浮かべる岩倉を見る限り、ほんとうにそのつもりで来たのか泰徳には判断できなかったものの、断る理由はない。

「では、よろしく」

泰徳が頭を下げると、岩倉は快諾(かいだく)した。

三

二日後、泰徳が赤穂へ向かったと源左衛門から聞いた勝九郎は、気持ちがざわついた。

源左衛門は、弟子のこころの動きを見逃さぬ。

「家はどうだ。お父上とはうまくやっておるのか」

「以前より丸くなったようで、今のところ平穏です」

「いろいろあったが、実の父親だ。息子が戻って嬉しくないはずはない」

「父に限っては、それは当てはまりませぬ」

背中の傷を作ったのが誰か知っている源左衛門は、そんなことはない、とは言わない。

「勝九郎、赤穂のことは忘れろ。よいな」

先回りをされた気がした勝九郎は、この間ずっと迷っていたのだとは言えず、頭を下げて道場をあとにした。

番町の屋敷に帰りながら思うのは、二日のあいだ考えていたことだ。

籠城に参加できずとも、せめて城が見える場所で腹を切り、戦って散る安兵衛たちと殿のおそばに行きたい。

今ならまだ間に合うはず。

師匠には逆らうことになるが、赤穂へ旅立つ意志を固めて番町の屋敷に戻った勝九郎は、父から与えられた奥御殿の部屋に入るなり、旅に必要な物を集めた。

そこへ通りかかったのは、正室の時江だ。

障子の隙間から動く物が見えて足を止めた時江は、

「勝九郎殿?」

何をしているのだろうという面持ちで見ていたのだが、旅支度とわかってはっとなり、急ぎその場を離れた。

向かったのは、宗実のところだ。

「大殿、大変です」

筆を使い、山河の墨絵を描いていた宗実は、迷惑そうな声で応じる。

「今大事なところだ。あとにしろ」

「そうはまいりませぬ。勝九郎殿が、旅支度をしているのですから」

「なんだと！」

「間違いありません。赤穂へ走る気です」

「おのれ、親の気も知らずに」

怒った宗実は、筆を木刀に持ち替えて廊下を急ぐ。

夜中にこっそり出るために、荷物を裏庭に隠しに行こうとしていた勝九郎は、父の怒鳴り声に慌てて、荷物を押し入れに隠そうとしたのだが遅かった。

怒った宗実は部屋に入るなり、

「この馬鹿者めが！」

有無を言わさず、背中を木刀で打った。

激痛にのけ反って倒れた勝九郎は、鬼の形相で木刀を振り上げられ、身体を丸めて身を守った。

容赦なく木刀で打った宗実は、勝九郎がぐったりしたところで人を呼んだ。応じて現れた二人の家来に何ごとか命じる。

意識が朦朧とする中、家来に両脇を抱えられて立ち上がった勝九郎が連れていかれたのは、もっとも嫌いな場所だった。

「やめろ、やめてくれ」

必死に訴えたが、家来たちは顔を前に向けたまま聞く耳を持たず、庭木に囲まれた古びた離れに連れていくと、出入り口しかない六畳間に放り込んだ。

幼い頃、よくここに閉じ込められた勝九郎は、悪い思い出しかない部屋に入れられると気持ちが委縮した。

大人になった今は平気だと思っていたが、閉じ込められた途端、かび臭い匂いを嗅いだだけで気分が悪くなり、背中に冷や汗が流れてきた。

「出せ!」

叫んでも返事はなく、戸を破ろうにも分厚い板のためびくともしない。

背伸びしても届かなかった明かり取りの窓は、今なら手が届く。

格子をつかんではずそうとしたが、これもびくともしない。

えずいたが何も出ず、胃痛に顔を歪めて、板壁に背中を預けて足を伸ばした。

「そこで頭を冷やせ」

父の声がしたので、勝九郎は戸口に向かう。

「父上、お願いですから行かせてください」

「まだ言うか！」

「わたしは浅野家の旧臣として、赤穂城がどうなるかこの目で見たいだけです。籠城には決して加わりませぬ」

勝九郎は必死な思いをぶつけたが、父の返事はなかった。

「父上！」

「もう戻られました」

同い年の若党の声に応じて、勝九郎は戸をたたく。

「清正(きよまさ)、父に忠義を尽くすお前ならわかるだろう。わたしは赤穂へ行かねばならぬのだ。頼む、ここから出してくれ」

「勝九郎様のお気持ちはお察ししますが、それがしもお仕えする身。ここから出さぬようにとの大殿のご命令には逆らえませぬ」

清正は決して開けぬ。

それを知っている勝九郎は落胆し、力なく座して背中を戸に預けた。

幽閉も同然にされた勝九郎は、実の母と妹に会うのも禁じられた。どうすることもできず、むなしく時が過ぎてゆく。

悄然たる面持ちで明かり取りの窓を眺めていた勝九郎は、幽閉されて一晩が経った今も、考えるのは安兵衛たちのことばかりだ。

今頃は、赤穂に向けて走っているはず。岩城殿は会えるだろうか。

できればもう一度、安兵衛に会いたい。

師範代として厳しかったが、浅野家への仕官が決まった時は、涙を流して喜んでくれた。

実の兄より安兵衛を慕っていた勝九郎は、赤穂行きを誘われた時に、そばを離れなければよかったと後悔し、膝を抱えた。

「おい、生きているか」

背中を預けている戸の外からした兄の声に応じて、勝九郎は離れた。

錠前がはずされて戸が開くと、貴興が入って、徳利を見せて微笑む。

「暇だろう。一杯付き合え」

「よろしいのですか。父上に叱られますよ」

「叱られてやるさ」

屈託のない貴興は勝九郎の前であぐらをかき、懐から杯を二つ取り出し、ひとつを渡してくれた。

勝九郎が受け取ると、貴興は懐からするめいかを出し、炙ってきたと言ってちぎって差し出す。

「飲みながら話をしよう」

徳利を向けられた勝九郎が受け、兄に酌をする。

互いに杯を掲げ、一息に飲み干した。

旨いと言った貴興が、酒を注いでくれながら言う。

「仕官の口は他にもある。気を落とすな」

幼い頃、父に折檻されたあとは必ず手当てをしてくれたのが、三つ年上のこの兄だ。

浅野家に召し抱えられて屋敷を出る時も、

「やっと父上から逃げられるな」

そう言って気持ちよく送り出してくれた。

とはいえ、また仕官して家を出ればいいと励まされても、勝九郎は釈然としない。

「兄上は、こたびの仕置きをよしとしているのですか」

「どうかな……」

返答に困る兄に、勝九郎は思いをぶつける。

「わたしは納得がいきませぬ。兄上、手を貸してください」

「何がしたいのだ」

「不公平な罰で腹を召された殿のために、皆と一緒に籠城し、天下に訴えとうございます」

「わたしに何をしろと言うのだ」

「屋敷を出る手助けと、母と妹を守ってくれませぬか」

「お徳(とく)殿と千夏のことはわかった。だが、赤穂に行かせるわけにはいかんぞ」

「お願いします兄上。わたしは戻ったことを今になって後悔しているのです。どうかこのとおり、行かせてください」

平身低頭(へいしんていとう)して懇願(こんがん)されて、貴興は考えた。

「ほんとうに、赤穂で死ぬ気なのか」

「武士の一分(いちぶん)を貫きとうございます」

　貴興は目を閉じて下を向いた。

「わかった。そこまでの覚悟があるのなら、同じ武士として力になろう。なんとかするから、二日だけ待て」

　約束した貴興は、酒を置いて離れを出た。

　どうやって弟を出してやるか考えるため自室に戻った貴興は、ぞっとした。宗実が部屋の中に座っていたからだ。

「父上、お呼びくだされば行きましたのに」

　宗実は微笑む。

「いいから座れ」

　貴興が応じて下座に着くと、宗実は表情を一変させ厳しい顔をする。

「勝九郎はどうであった」

　貴興は動揺した。

「ご存じでしたか」

「血を分けた弟だ。お前が気にしておるのはわかっておる。して、どうであった。酒を酌み交わして、勝九郎は本音を申したか」

　正直に伝えれば弟は殺される。

父親の鋭い眼差しを受けてそう思った貴興は、ことの重大さにうろたえつつも、顔には出さず応じる。

「堀部安兵衛殿のことを心配しておりましたが、赤穂へ走る気はないようです」

咄嗟に出た嘘を、宗実は信用していないようだ。

うかがうように貴興を一瞥し、離れに通じる庭に顔を向ける。

「わしも若い頃は、武士たる者は主君のために命を投げ打つものと思うておった。ところが今の世はどうだ。わしを含め、皆我がお家第一だ。主君に対する忠義を貫く者は古い石頭だと笑われ、馬鹿を見る。将軍家の覚えめでたく、出世の滝をのぼっておる連中がどんな陰口をたたかれているか知っておるか」

「いえ……」

「己の妻や娘を主君に差し出すのは忠義だという声があるいっぽうで、代替わりをすれば居場所がなくなり、結局は馬鹿を見ると言われている」

「しかし勝九郎の忠義は……」

「本物だと言いたいのだろう」

「……わたしには、そう見えました」

「確かに、出世のために忠義面をしておる連中とは違う。だがな、死んでしまえば終わりだ。籠城は謀反人の汚名を着せられ、大罪人として不名誉な名を残すことになる。勝九郎は流行病にかかったようなものよ。周りがまったく見えておらぬ」

確かに父の言うとおりだと思った貴興は、可愛い弟を大罪人にするところだったと肝を冷やした。

「父上、勝九郎の熱を下げるには、どうすればよいでしょうか」

「やはり、何か頼まれたのだな」

厳しい目を向けられて、貴興はかぶりを振った。

「離れから出してやるには、勝九郎の気持ちを赤穂から離すしかないと思うたまでです」

「今から赤穂に行っても、間に合わなくすればよい」

「どうやって……」

「赤穂で籠城の兆しがあると、柳沢様にお伝えするのだ」

それでは弟を騙したことになると思った貴興は、返答に困った。

宗実が続ける。

「赤穂城の受け取り役に戦支度をさせるとおっしゃれば、陣に加えていただくよう願い、一筆書いた物をもらってこい」

宗実の考えを察した貴興は、ただちに動いた。

兄が置いていった酒をやけ酒同然に空にした勝九郎は、酔って横になっていた。眠れるはずもなく、二日も待たなければならぬ苛立(いらだ)ちと焦(あせ)りで頭がどうにかなりそうだった。

そんな勝九郎のもとに貴興が来たのは、日がとっぷりと暮れてからだった。

顔を見るなり、勝九郎は詰め寄る。

「兄上、今夜出していただけませぬか」

貴興は座し、申しわけなさそうな顔で肩をつかんできた。

「お前を敵に回したくないから、屋敷からは出ないでくれ」

「どういうことですか」

「つい先ほど、赤穂に向け出陣するゆえ、急ぎ支度にかかれ、とのご沙汰があったのだ」

差し出された書状に柳沢保明(やすあき)の名を見た勝九郎は、にぎりしめて目を閉じ、大きな息をして気持ちを抑(おさ)えようとした。

貴興が続ける。

「ご公儀はすでに、城の受け取り役に戦支度を命じておられる。お前が今から走っても間に合わないからあきらめろ」

勝九郎は恨みを込めた目を向けた。

「兄上が出陣を命じられるわけはない。わたしを止めるために、柳沢様に願い出たのですか」

「そうではない……」

「いいや、そうに決まっている。わたしを騙したな！」

勝九郎は怒りのまま兄に飛びかかり、顔を殴った。赤穂へ走るべく離れを出ようとしたが、貴興が足をつかんで止める。

「行くな！　もう遅いのだ！」

「放せ！」

叫んで振り払い、出ていこうとした勝九郎の前に母親が立ちはだかった。

「母上……」

顔を背けた勝九郎に歩み寄ったお徳は、懐刀を息子の胸に押しつけながら言う。

「行くなら、この母を殺して行きなさい」

できるはずもない勝九郎は、その場でへたり込み、膝を抱えて苦しんだ。

お徳が息子の肩を抱き、涙を流した。

「勝九郎、お願いだから生きておくれ。このとおり」

母に両手をつかれた勝九郎は、貴興に顔を向けた。

「母を連れてきていたのですか」

「わたしの手に負えぬ時のためにな」

貴興はお徳の手を取って頭を上げさせ、勝九郎の肩をつかんでうなずいた。

「これでよいのだ。決して後悔はさせぬから、生きてくれ」

四

一度は思いとどまった勝九郎であるが、やはり兄は自分を屋敷から出すまいとして、柳沢に安兵衛たちの動きを告げたのであろう。もしそうだとしたら、自分のせいで赤穂に兵が向けられたのではないかという思いが、時が経つにつれて増していった。

自分が兄を頼ったばかりに、安兵衛たちが籠城する気で赤穂に走ったのがご公儀の知るところとなり、兵を向けられたに違いない。

兄を頼った己を責めた勝九郎は、同時に、赤穂へ行かせてくれぬ親兄弟を恨んだ。

思い悩みながら一晩過ごした勝九郎は、兄はほんとうに出兵を命じられたのか確かめたくなり、戸口を守っている清正に声をかけた。

「兄上を呼んでくれ」

「殿は登城されました」

「城へ行っただと。出陣の支度に忙しいのではないのか」

返事がない。

「清正、教えてくれ。出陣の支度をしているのか」

「いえ」

「おかしいではないか。赤穂城は今日明日にも兵を挙げるかもしれぬというのに、兄上は何を呑気(のんき)に構えておる」

「すみません。わたしにはわかりかねます」

己を見張らせる役目の清正には知らせていないのか、それとも……。

「出陣の沙汰は偽(いつわ)りだな。そうであろう！　ここを出してくれ。わたしを赤穂へ行かせてくれ。頼む！」

「若君、大殿に聞こえますからお静かに」

「清正頼む。ここを開けてくれ」

返答がないので戸を開けようとしたが、びくともしない。

戸をたたいて清正を呼んだが、やはり返事はなかった。


その様子を隠れて見ていた宗実は、お徳が暮らしている離れに渡った。

めったに来なくなっていた宗実が来たことにお徳は驚き、居間の上座を空けて両手をついた。

「楽にしてくれ」

手を取って頭を上げさせた宗実は、廊下に来た千夏に目尻を下げて手招きする。

小走りで横に来て座る千夏の頭をなでた宗実は、神妙な面持ちをしているお徳に告げる。

「勝九郎は見上げた忠義者だ。あのように育ててくれたそなたに、感謝せねばならぬな。のう、千夏」

千夏は嬉しそうにうなずく。

宗実は着物の袂から赤い櫛を取り出し、千夏に見せながら言う。

「これは、京から取り寄せた櫛じゃ。そなたにやろう」

「わあ」

受け取って嬉しそうに目を輝かせる千夏に、宗実が優しく告げる。

「父は母と大事な話がある。部屋に戻っていなさい」

「はい」

素直に応じる娘を見送った宗実は、改めてお徳に顔を向けた。

「上様にお願いして、勝九郎に但野の地を与えて分家させてやろう。あそこは田畑こそ少ないが、港町ゆえ実入りがよい」

お徳は驚いた。

「まことでございますか」

「嘘を言うてどうする。わしはこたびのことで、勝九郎を見なおした。貴興もしっかりしておるが、勝九郎も捨てたものではない。分家させてやれば、浅野家のことは忘れるであろう」

我が子を心配して夜も眠れず、食事も喉を通らなかったお徳は、涙を流して礼を言う。

手を取った宗実は、両手を重ねて目を細める。

「もう泣くな。今日までそなたには肩身が狭い思いをさせたが、勝九郎の分家が許されれば、屋敷も賜ろう。そうなったら、親子三人で暮らせ。わしは、通わせてもらう」

「ほんとうに、よろしいのですか」

「わしもそのほうが、気兼ねなくそなたに会えるからの」

宗実は笑って言い、お徳を抱き寄せた。

この二人の話を、隠れて聞いている者がいた。正室の侍女のお玉だ。

お玉は気づかれないようそっと離れると、母屋に戻って時江の部屋に急いだ。

一人で香を楽しんでいた時江は、戻ったお玉から話を聞くなり烈火のごとく怒り、香炉を投げた。

お玉が焦って寄り添う。

「お身体に障りますから、どうかお怒りをお鎮めください」

「お黙り。但野の港は、三峰家にとってもっとも重要な地。それを与えて分家させては、どちらが長男かわからぬではないか」

「ごもっとも……」

時江にじろりと睨まれたお玉は、慌てて平伏した。

「ご長男は貴興様にございます」

「わかりきったことを申すな」

苛立った時江は、歯がゆい気持ちをぶつける。

「こんなことになるなら、勝九郎を止めなければよかった」

三峰家に嫁ぐ前から時江に仕えているお玉は、賛同して口を開く。

「若君がご当主におなりになられたばかりだというのに、家が小さくなるのは腹が立ちます。奥方様、いっそのこと、勝九郎様を外に出してはいかがでしょうか」

時江が驚いた顔を向けた。

「赤穂に行かせろと言うのか」

お玉が決意を込めた目で大きくうなずく。

時江は苛立ちの声をあげる。

「離れには清正が張りついておるのだから難しい。うまくいったとしても、大殿が気づかれれば追っ手を向けて連れ戻されるに決まっています。そうなれば、逃がしたわたくしたちが罰せられます」

「いらぬことを申しました。お許しください」

「他に何か手があるはず」

時江はしばし考え、ほくそ笑む。

「よい手を思いついた」

策を告げられたお玉は、意地の悪い笑みを浮かべながらゆっくりとうなずいた。


「小園殿」

お玉が呼び止めたのは、清正の同輩の若党だ。

正室の侍女に諂う小園は、すぐさま駆け寄って用件を問う。

お玉は手を取り、小判を包んだ紙を置いた。

「これは、奥方様からです」

「いつもありがとうございます。お徳様でしたら、離れでおとなしくしておられますのでご安心を」

目を光らせるよう命じられている小園が先回りして告げるのに対し、お玉は厳しい面持ちで応じる。

「今日は、他にやってもらいたいことがあります」

耳目を気にしたお玉に耳元で告げられた小園は、真顔で快諾した。

お玉が手を振る。

「今すぐ行きなさい」

「はは」

小園が走って向かったのは、離れの戸口を守っている清正のところだ。

「交代だ。休んでくれ」

「もう一刻（約二時間）経ったのか」

首をかしげる清正に、小園が微笑む。

「前にかわってもらったお返しだ。遠慮はいらぬ」

「そういうことなら、休ませてもらおう」

「若君の様子は」

「読み物をしておられる」

笑顔で応じた小園は、清正にかわって戸口に立つと、物陰から見ているお玉にうなずいてみせた。

五

読み物をしていた勝九郎は、明かり取りの窓から人の話し声がしているのに気づいて立ち上がり、そばに寄った。会話の中で、赤穂という言葉があったのを耳にしたからだ。

勝九郎は声の主がお玉だとわかり、眉間に皺を寄せた。聞き捨てならぬことを口にしたからだ。

その下では、お玉が高窓を見上げて口を開く。

「赤穂浅野家の者たちが、籠城してこたびのご公儀の沙汰が不公平であると世に訴えるのは見上げた忠義者だとか、それに加わらぬ元浅野家の家臣は武士の風上にも置けぬ不忠者だと罵る声があるそうです。何も知らない庶民がおもしろがって言うのは、腹が立ちます」

こう述べた時、壁一枚隔てた中から呻き声がした。今の話を真に受けた勝九郎がうずくまり、不忠という言葉に苦しんでいるのだ。

一人芝居をしていたお玉が、しめしめとばかりにほくそ笑み、小園のところに行くと顎を引き、持っていた食事の膳を渡した。

受け取ってうなずいた小園が、戸を開ける。

「若君、昼餉をお持ちしました」

小園が入り、うずくまっている勝九郎のそばに行く。

「若君、お玉殿から聞きました。町ではとんでもない噂が流れておるようですね。お気持ちはわかります」

「何がわかると言うのだ」

勝九郎は小園を睨んだ。

小園は目を伏せ、唇（くちびる）に笑みを浮かべる。

「殿にお仕えする身ですから、あるじに忠義を尽くせぬ若君のご心痛をお察しします」

「わたしを馬鹿にしておるのか」

「いいえ、決して。さ、お召し上がりください」

膳を置いて下がる小園に思いつめた顔を向けた勝九郎は、背後から飛びかかった。

「何をなさいます！」

抗（あらが）う小園の首に腕を回した勝九郎は、力を込める。

もがいていた小園は、気を失った。

横にさせた勝九郎は、戸口から出てあたりを探り、裏庭を走る。

見張っていたお玉が声をあげた。

「勝九郎様！　どこに行かれます！　誰か、誰か勝九郎様を止めて！」

声に応じて出てきた家来たちが、裏門へ走る勝九郎を追う。

「勝九郎様、いけませぬ！」

裏門を守っていた小者が両手を広げて止めるのに対し、勝九郎は突き飛ばして閂をはずしにかかる。

そこへ家来たちが駆けつけ、騒ぎになった。

騒ぎを聞いて庭に出てきた宗実が、怒りに満ちた声をあげて詰め寄る。

「親心を知らぬ大馬鹿者めが！」

激怒し、木刀を振り上げた。

背中を激しく打たれた勝九郎は呻いて倒れたが、宗実の怒りは収まらぬ。何度も木刀を打ち下ろし、勝九郎が動けなくなったところで右膝に目をやった。

「どこにも行けぬようにしてくれる！」

鬼の形相で木刀を振り上げた宗実の背中に、用人が抱きついた。

「大殿、なりませぬ！」

「ええい、放せ！」

「なりませぬ！　若君の足を潰せば、自ら命を絶たれますぞ！」

「謀反人になるよりはましじゃ！　放せ！」

用人を振り払って突き飛ばした宗実は、ぐったりしている勝九郎に向けてふたたび木刀を振り上げる。そして、膝めがけて打ち下ろした時、清正が咄嗟に勝九郎をかばった。

背中を打たれて呻き声をあげる清正に、宗実が目を見張る。

「貴様、何をするか！」

激痛に耐えながら、清正が頭を下げて訴える。

「勝九郎様は、流言に惑わされたのです」

「流言じゃと？」

「はい」

「幽閉の身に、誰が吹き込んだと言うのだ」

「あの者です」

清正は、騒ぎを見守っていたお玉を指差して言う。

「あの者が、赤穂の籠城に加わらぬ旧臣たちは、武士の風上にも置けぬ不忠者だと罵る声があると、勝九郎様の耳に入るよう言うたのです」

聞かれていたことに、お玉は動揺したものの、宗実の前に出て地べたに平伏した。

「身に覚えのないことにございます」

「嘘だ！　わたしはこの目で見た。大殿、この者は、勝九郎様を陥れようとしております」

宗実は厳しい顔をお玉に向けた。

「ありもせぬ噂を、何ゆえ勝九郎に聞かせた」

「そのような真似はしておりませぬ」

「黙れ！　わしはそのほうよりも清正を信じる。素直に白状せぬなら、この場で手打ちにしてくれるぞ」

木刀を捨て、脇差を抜いて切っ先を向けられたお玉は、平身低頭した。

「わたくしは、幽閉されてらっしゃる勝九郎様を不憫に思いました」

「まさか、本気で赤穂へ行かせようとしたのか」

「はい」

宗実は問い詰める。

「ならば、なぜ騒いで止めた」

「いざとなると、恐ろしくなったのでございます」

「ふん、そのような嘘がわしに通じると思うな。まことの狙いは、わしが勝九郎に罰を与えるよう仕向けたのであろう」

「違います。わたくしはほんとうに――」

「黙れ！」

「お怒りをお鎮めください」

「ええい、うるさい！　そのほうに指図をしたのは時江だな」

「違います。わたくし一人の考えにございます」

「そのほうがこのような大それたことをするはずはない。いかに時江でも、こたびばかりは許さぬ。誰か、時江をここへ連れてまいれ！」

応じた家来たちが奥御殿に向かった。

家来たちを従えた時江は、顎を上げ気味に傲然（ごうぜん）と歩んでくるかと思いきや、背中を丸め、消沈（しょうちん）した様子だ。

宗実の前で両手をついてうずくまっているお玉の横に座し、媚（こ）びた顔を向ける。

宗実は脇差を納（おさ）め、憎々しげな顔で指差す。

「女狐（めぎつね）め、そのような顔をしても許さぬ。お前がお玉にさせたことは、勝九郎を殺そうとしたも同然ぞ！」

「お前様がいけないのです」

「何を！」

「ひいっ」

「泣いても許さぬ！」

「わたくしはただ、貴輿を不憫に思うているだけです。それでも手打ちにするとおっしゃるのですか」

声をあげて泣く時江は涙など出ておらぬが、袖（そで）で顔を隠して泣き叫ぶものだから、宗実はまんまと騙されて困り顔をした。

「泣くなと言うておる。貴輿の何が不憫で、勝九郎をけしかけるような真似をしたのだ」

時江はしくしくとやりながら、袖のあいだから宗実の顔色をうかがって言う。

「殿が勝九郎に、三峰家にとって要（かなめ）とも言うべき但野の地を与えようとするからです」

宗実は口をへの字にした。

「どうしてそれを知っておる」

「お前様のお声はよく通りますから、聞こえてきたのです。貴輿はお前様の期待に応えようと必死に励んでおりますのに、大事な但野の地を取り上げられたのでは、どちらが三峰家の当主かわかりませぬ。貴興が可哀そうです」

泣き崩れる時江に何も言えなくなった宗実は、眉尻を下げて歩み寄り、手を差し伸べた。

「わしが悪かった。お玉に惑わされたとはいえ、家を捨てようとしたこ奴に領地はやらぬから安心しろ」

時江は涙を拭うふりをして、改めて媚びた目を向ける。

「信じてよろしいのですか」

「わしがそなたに嘘をついたことがあるか。誰か！」

すぐさま応じた家来に、宗実は勝九郎を指差して命じる。

「この不埒者を閉じ込めろ。わしの許しなく誰も近づけてはならん」

抱き起こされた勝九郎は、父親の顔を一度も見ることなく目の前を横切り、離れに戻っていった。

宗実は時江に顔を向ける。

「今のあ奴の態度を見たか。わしは、馬鹿なことをするところであった。許せ」

時江は目尻を拭い、笑顔を横に振る。

「詫びのしるしに、好きな物をなんでも買ってやろう。清正、呉服屋を呼んでまいれ」

清正は頭を下げて告げる。

「勝九郎様の見張りはよろしいのですか」

「お前は今後いっさい、勝九郎に近づくな。早う行け」

「承知いたしました」

背中を丸めて走り去る清正を、お玉が蔑むような面持ちで見送った。

自室に戻った時江は、清々した様子で脇息にもたれかかり、お玉に言う。

「うまくことが運んだ。これで、貴興は安泰です」

図に乗ったお玉が、近づいて小声で告げる。

「またいつ大殿の気が変わるかわかりませぬ。小園に命じて、勝九郎の息の根を止めてはいかがでしょう」

「命を取るとなると、慎重に動かねば。金で動く者は信用できぬ」

「小園は大丈夫でございます」

「どうしてそう言い切れるのか」

「出世欲が強うございますから、将来を約束してやれば、必ず奥方様の言いなりに動きます」

時江は悪い顔をした。

「では、そなたにまかせよう。頃合いを見て動きなさい」

「かしこまりました」

頭の中にはすでに妙案があるのか、お玉は自信ありげな顔で頭を下げた。

六

奥御殿に来た呉服屋が、恵比須顔で愛想を振りまきながら反物と小間物を並べていく。

鼈甲の櫛を手に取った時江は、機嫌取りに来ている宗実に微笑みかける。

「大殿、せっかくですから、お徳殿も呼びましょう」

宗実はなんとも言えぬ顔をした。

「あいつのはよい」

その言いぐさが親密に聞こえた時江は、櫛をにぎりしめながらも、嫉妬を顔には出さぬ。

「いいじゃありませんか。お玉、呼んできなさい」

「承知しました」

困ったような顔をする宗実に、時江は簪(かんざし)を手に取って問う。

「わたくしに似合いますか」

「うむ。よいな」

廊下を気にして生返事をする宗実を横目に、時江は反物に手を伸ばす。

程なくお玉が戻り、お徳がおずおずと入ってきた。

時江が笑顔で手招きする。

「お徳殿、これを千夏にどうかしら」

花柄の反物を床に転がして広げるのを見たお徳が、恐縮して何か言おうとしたが、

「お徳殿には、そうねえ」

時江は適当に手に取った地味な色合いの反物を交差させて広げ、余裕の顔をお徳に向ける。

「地味だけど、お徳殿のこれからを思うと、今着ている物よりはこちらのほうが合っているわね。あら、不機嫌そうだけど、こちらのほうがよかったかしら」

涼しそうな色合いの反物を手にした時江は、わざとらしく考える顔で言う。

「勝九郎が分家をしたならこれでもよかったでしょうけど、あの話はなしになったのだから、やはりこちらがお似合いね」

地味な反物をふたたび手にしながら言う時江にお徳は困惑し、どういうことかと訴える顔を宗実に向けた。

時江に見られて、宗実は気まずそうに告げる。

「勝九郎は、家を捨てて赤穂へ走ろうとしおったのだ」

「そんな……」

「よって、但野の地を与えるのはやめた。勝九郎には、がっかりさせられたわい」

これで満足かという目を時江に向けた宗実は、用があると言って立ち上がった。

「お待ちください！」

お徳が再考を願おうとしたが、

「もう決めたことじゃ」

宗実は冷たくあしらい、そそくさと出ていった。

時江が態度を一変させ、強い口調で言う。

「但野を欲しいと言うたのはそなたであろう。まったく、盗っ人猛々しいとはこのことじゃ。卑しい身の者はこれだから困る」

「わたくしではありませぬ。大殿のほうからおっしゃられたのです」

「黙らっしゃい！　この家を貶めようとした勝九郎は、大殿の逆鱗に触れて罪人も同然に閉じ込められました。そなたは生みの親として、どう責任を取るのか」

「大殿が罰を与えると仰せならば、甘んじてお受けいたしまする」

「大殿はそなたに弄されているのですから罰など与えないでしょう。白々しい」

「では、どうしろと……」

「かわりに、わたくしが罰を与えます。お玉、この者の着物は罪人の母親らしからぬ。剝ぎ取って離れに下がらせなさい。今日からは、よい生地の物を身に着けることは許しませぬ」

「承知しました」

お玉が若い侍女と二人でお徳を捕らえて、いやがるのを押さえつけて打掛を取り、帯を解きにかかった。

控えていた呉服屋が、見てはならぬと焦り、外へ出ようとするのに対し、時江は薄ら笑いを浮かべて告げる。

「ここにある物をすべていただきましょう。ほんに、よい品を持ってきてくれました」

こう言われては出ていけなくなった呉服屋は、小袖（こそで）を剝ぎ取られ、長襦袢姿（ながじゅばんすがた）で泣くお徳に背を向け、時江に頭を下げて礼を述べた。

お徳の惨（みじ）めな姿を見て満足そうにうなずいた時江は、もっとも生地が悪く、地味な色合いの反物を手に取って呉服屋に告げる。

「これでお徳の小袖を仕立ててやりなさい。以後、これより派手な物を納めぬように」

「承知しました」

呉服屋がいそいそと帰っていくと、時江はお徳に勝ち誇（ほこ）った顔を向ける。

「わたくしの許しがあるまで、部屋から出てはならぬ。下がれ」

涙を流して頭を下げたお徳は、逃げるように出ていった。

「愉快じゃ」

わざと聞こえるように声をあげた時江の高笑いが、廊下に響いた。

離れに戻ったお徳は、長襦袢姿にぎょっとする千夏を抱きしめ、顔を歪めて屈辱（くつじょく）に耐えた。

「母上、いかがなされたのですか」

「勝九郎が、わたくしたちを捨てて赤穂へ行こうとしたせいです」

「兄上が悪いのですか？」

「いいえ。今のは忘れなさい。悪いのは勝九郎ではなく、このわたくしの身分のせいです。そなたには決して肩身の狭い思いをさせませぬから、誰も恨んではなりませぬ。よいですね」

千夏がぎこちない笑みを浮かべながらうなずくのを見たお徳は、微笑んで頭をなでた。

「台所においしいおまんじゅうがあるから、お食べなさい」

「はい」

素直に行く娘に目を細めたお徳は、着物簞笥から地味な色合いの着物を引っ張り出して袖を通した。

勝九郎が心配で見に行こうとしたのだが、時江が差し向けた侍女たちが来て行く手を阻む。

離れに戻ったお徳は戸を閉め、我が息子を案じた。

このままでは、勝九郎は時江に飼い殺しにされる。

惨めな暮らしをさせるよりは、武士としての本懐を遂げさせてやりたいという気持ちが芽生え、日が暮れる頃には、強く思うようになった。

千夏の寝息を聞きながら寝床から出たお徳は、居眠りをしている侍女の影を障子に認めると、起こさぬよう静かに抜け出した。

勝九郎が幽閉されている離れは、少し離れた場所にある。

素足のまま歩いていくと、離れの戸口は一人の家来が守っていた。

居眠りをせず立っている姿に、お徳は爪を嚙んで考える。あたりを見た時、月明かりの中で木小屋が目にとまり、足音を立てないように向かう。

見張りの者にそっと近づいて、頭を打って気絶させてやろうと考えたお徳は、手頃な棒を選んで手にすると、あたりを見回して戻った。

離れの壁に背中を当てて、見張りが立っている表の戸口にゆっくり近づく。壁の角からそっとうかがうと、見張りはあくびをしていた。

意を決して行こうとした時、背後から口を塞がれ、強い力で引き戻された。

お徳を止めたのは清正だった。

目を見張るお徳を、音を立てぬよう注意しながら離れから遠ざけた清正は、手を放して言う。

「何をしておられるのですか」

「勝九郎を行かせてやりたいのです」

「いけません。そんなことをすれば、大殿はお徳様とて許されませぬ。千夏様のためにも、おやめください」

娘の顔が目に浮かんだお徳は、浅はかな真似をしようとしていたとようやく気づいて、棒を落とした。

「気づかれぬうちにお戻りください」

「止めてくれて、ありがとう」

頭を下げたお徳は、娘が眠る離れに戻った。

安堵の息を吐いた清正は、棒を持って自分の部屋に引きあげた。

その様子を見ていた者が、物陰から出る。月明かりに浮かぶその者は布で顔を隠していたのだが、清正が部屋の戸を閉めるのを見届けて布を剝ぎ取った。時江の命を受けているお玉だ。

お玉は用心深く離れに歩み、表を守っている小園の前に行くと、懐から小判の包みを出した。

無言で受け取った小園が懐に収め、細めの紐を取り出すと、戸を開けて中に入った。

お玉が物陰に潜んであたりを見張る中、小園は眠っている勝九郎の枕元に片膝をつき、ゆっくりと枕の下に紐を通して首に巻く。両手で紐をにぎり、力を込めようとしたその時、勝九郎がかっと目を開けて腕をつかんだ。

「何をする」

小園は驚き、紐を引っ張ろうとしたのだが、勝九郎の力が勝り思うように首を絞められない。

馬乗りになった小園が渾身の力を込め、紐が首に食い込んでいく。顔を真っ赤にして苦しむ勝九郎は、遠のく意識の中で必死に抵抗し、小園を横に倒すと、身体を入れ替えた。

それでも紐を引き続ける小園の手首をつかんだ勝九郎は、剣術で鍛えた握力をもって締め上げる。

骨を砕かれそうな力に呻いた小園は、ようやく紐を放した。

己の首から紐をはずした勝九郎は、小園の首に巻いて引く。

首と額に血筋を浮かべて苦しむ小園を見ていた勝九郎は、これ以上やると死ぬという時に力をゆるめ、苦しむ小園に問う。

「誰の指図だ」

咳(せき)をした小園は、収まっても答えぬ。

「言わねば殺す」

ふたたび紐を引くと、苦しみと死の恐怖に怯えた小園が何度も首を縦(たて)に振る。力をゆるめた勝九郎が、次はないと言うと、小園は口を割った。

首を吊ったように見せかけて殺そうとしたのは時江のたくらみだと知った勝九郎は、背中の古傷がうずいた。父から折檻を受けていた頃の生き地獄は、時江がそう仕向けたのだと今になって気づいた勝九郎は、残される母と妹の身を案じて紐に力を込め、怯えた顔をしている小園に顔を近づけて告げる。

「父に伝えろ。親とは思わぬから、子とも思うなと。時江には、二度とこの家には戻らぬから、下手(へた)な策を弄するなと伝えろ」

返事をしようとした小園の顔に、渾身の拳(こぶし)を食らわせて気絶させた勝九郎は、外に出た。

「終わりましたか」

声をかけられて振り向くと、お玉が愕然(がくぜん)として腰を抜かし、恐怖に顔を引きつらせた。

勝九郎は刺すような目を向けて近づく。

「ひいっ」

目を見開いて後ずさるお玉の着物の裾を踏んで止めた勝九郎は、胸ぐらをつかんだ。

「お前にも言うておく。時江に悪さをさせるな。わたしは出ていくが、もし母と妹の身に何かあったら、必ずやお前を殺しに戻ってくるからな」

恐怖に声も出ないお玉は、何度も首を縦に振った。

離れた勝九郎は、暗い庭を走って裏門へ行き、江戸市中へ姿を消した。

明け方から降りはじめた小雨が続く中、地べたにうずくまる小園を怒りに満ちた顔で見下ろした宗実は、手に持っていた大刀を抜いて振り上げた。

怒りにまかせて手打ちにせんとする宗実の前に、貴興が両手を広げて立ちはだかった。

「どけ！」

「どきませぬ」

「この者が油断したせいで、勝九郎は逃げたのだぞ！」

「今から赤穂に走ったとしても、先に受け取り役が到着しますから戦には間に合いませぬ。どうか、お鎮まりください」

そこへ時江が来た。

「勝九郎殿は、親と思わぬから子と思わぬようにと言い置いて出たそうではありませぬか。このような内輪揉めはもううんざりです。もう縁を切ってしまいなされ。そうすれば、謀反人となっても貴興に累は及びませぬ」

「黙れ！　わしの子のことに口を出すな！」

「貴興がどうなってもよいのですか！」

「誰もそのようなことは言うておらぬ！」

「ひいっ」

また嘘泣きがはじまると、宗実は苛立ちの息を吐いた。

「泣きたいのはわしのほうじゃ！」

刀を放り投げた宗実は、貴興にどけと言って、自分の部屋に戻った。

したり顔で見送った時江が、貴興に歩み寄って乱れた襟を直してやりながら告げる。

「今日は折よく登城の日ですから、柳沢様にお目通りして、勝九郎を勘当すると告げるのです」

「しかし母上、父上の許しなく勝手はできませぬ」

「三峰家の当主はお前です。隠居じじいの許しなど必要ありませぬ」

ためらう貴興に、時江は厳しく言う。

「これもお家のためです。当主は時に、厳しい決断をしなければならぬのです。しっかりなさい」

「わかりました。勝九郎とは縁を切ります」

「遅れないように行きなさい」

「では、行ってまいります」

時江は満足そうな笑みを浮かべて送り出し、小園の手を取って立たせた。

「よう黙っていてくれました。これからも、わたくしの力になってください。頼りにしていますよ」

「はは」

応じた小園は、時江の前から下がった。

時江は、消沈した様子で控えているお玉に顔を向ける。

「手を汚さずにすみましたから、よしとしましょう。そのように暗い顔をしておられては、こっちの気が滅入るからおやめなさい」

「申しわけありませぬ」

「それより、お徳がいつもの着物を着ているようだけど、どういうことかしら」

お玉が恐縮して応じる。

「邪魔者の勝九郎がいなくなったのですから、もうひどい仕打ちをなされないほうがよろしいかと。お徳は女狐ですから、奥方様が悪者にされては大変です」

勝九郎が勘当されたことで気が晴れている時江は、お玉の言葉を鵜呑みにした。

「まあいいでしょう。お前の好きにしなさい」

「承知いたしました」

頭を下げたお玉は、勝九郎の恐ろしい顔を思い出して目を閉じ、安堵の息を吐いた。

七

家族を連れて江戸を発った泰徳たちを心配しながら、甲府徳川家の屋敷で政務をこなしていた新見左近のもとに、附家老の篠田山城守政頼が来た。

「殿、今よろしいか」

左近は書類から目を離さぬまま応じる。

「又兵衛か。入れ」

「はは」

一人でいる左近の前に座した又兵衛が告げる。

「岩城殿から文が届きましたぞ」

受け取った左近は、さっそく目を通した。

それによると、赤穂には四月二十三日に着いたのだが、城は十八日に明け渡しがはじまり、十九日に完了しており、安兵衛と孫太夫はすでに赤穂を去っていて会えなかったという。

今日は五月六日だと思いながら、左近は文を読み進める。

京にのぼったという噂を耳にしたので、あとを追うと書かれていた。

文を置いた左近は、もう着いているだろうかと心配した。

そこへ間部詮房が来て、左近の前に座して告げる。

「殿、赤穂城が何ごとも起きぬまま、無事ご公儀に明け渡されたそうです」

「うむ」

腕組みをして応じる左近を見た間部が、不思議そうな顔をした。

「ご存じでしたか」

「今知ったところだ」

泰徳の手紙を差し出すと、間部はごめんと断って目を通し、渋い顔をする。

又兵衛が言う。

「殿が西ノ丸を出られてからというもの、ご公儀は故意に知らせをよこさぬようになっておるような気がいたしますな」

間部がうなずく。

「今日も、柳沢様に嫌味を言われました」

又兵衛が顔を向けた。

「何を言われた」

「赤穂を案じたところで、城を出た殿にはどうすることもできまいと」

「嫌味たらたらじゃの」

不機嫌になる又兵衛を、左近がなだめる。

「柳沢の言うことはもっともだ。城からの知らせが遅いのは仕方がない」

「そうですが、柳沢殿は露骨すぎますぞ」

納得がいかぬ様子の又兵衛を横目に、間部が言う。

「その柳沢様からお教えいただいたのですが、三峰家から、浅野家に仕官していた次男勝九郎の勘当願いが出され、正式に認められたそうです」

「その理由は」

「放蕩が過ぎるのを見かねてだそうです」

江戸を発つ前日に訪ねてきた泰徳から勝九郎の話を聞いているだけに、左近は心配になった。

「それは表向きであろう。実のところは、旧臣たちに仇討ちの動きがあるのではないか」

「柳沢様ははっきりそうとはおっしゃいませんでしたが、勝九郎は家を出て以降、行方がわからぬそうです」

左近は気が重くなった。

「それは、悪い兆しだな。安兵衛たちは、泰徳が言うとおり京におるのだろうか」

又兵衛が元大目付の顔つきになって考えていたが、神妙に告げる。

「国家老の大石殿はひとかどの人物と聞いておりますが、今となっては不気味な存在ですな。京に人を集めて、仇討ちの相談でもしておるのではないですか」

「今は、泰徳たちが一刻も早く見つけてくれるよう祈ろう」

そうこぼした左近は、安兵衛と孫太夫が遠い存在になった気がして寂しくなり、濡れ縁に出て空を見上げた。そして、そばに来た吉田小五郎に問う。

「上杉と吉良は動いておるのか」

「上杉家のほうに動きがございます」

左近は目をつむった。

「やはり、黙ってはおらぬか。安兵衛たちが無事でいてくれるとよいが」

第二話　すももの縁

一

京の鴨川を望める旅籠に逗留している岩城泰徳は、岩倉具家と手分けをして堀部安兵衛と奥田孫太夫を捜し続けている。

いっぽうお滝は、夫の泰徳から物騒だから共に行動をせず、都見物をしているよう言われており、今日も朝から雪松を連れ出して物見遊山をしていた。

一度は来てみたいと思っていた清水寺に参詣したお滝は、息子が退屈をしやしないか心配したのだが、当の雪松は江戸の本所とはまったく違う雰囲気の参道に目を輝かせ、舞台から見える景色に興奮気味だ。

「母上、このように高い場所から町を見下ろすのは初めてです。山の上に天守閣をお持ちの大名は、こんな気分で城下を眺めておられるのでしょうか」

旅の途中で目にした山城を見上げては、中に入ってみたいと言っていた息子に、お滝は目を細める。

「お殿様はおそらく、どうすれば民の安寧を守れるかを考えながら眺めておられましょう。どのように見えているかは、その人のお気持ちによって違うはずですが、お前のように気楽に喜んではいらっしゃらないでしょうね」

「大名とは大変なのですね」

呑気な息子に、お滝は笑った。

「さ、父上と岩倉殿が堀部殿と奥田殿に出会えるよう、仏様にお願いしましょう」

「はい」

息子と並んで本尊に手を合わせたお滝は、順番を待っている参詣者の邪魔にならぬよう雪松の肩を抱いてその場を去り、次の目的地である高台寺に行くため参道をくだった。

八坂の塔を見ながら町中を歩いている時、雪松が腹をさすりながら顔を向けてきた。

「母上、腹が減りました」

「朝餉を食べたのに、もう空腹なのですか」

「茶粥でしたから」

四杯もおかわりをしていただけに、お滝は呆れて笑う。

「仕方ないですね。では、せっかくですからおいしい京の野菜を食べましょう」

とは言ったものの、右も左もわからぬ土地でどの店に入っていいか迷い、ところの者に尋ねるのが一番だと思ったお滝は、土産物屋の表にいた店の女に声をかけた。

中年の女は快く応じたまではいいが、お滝が江戸から来た者だと知ると興味を示し、食べ物屋を教える前に無駄話がはじまった。

長話に付き合う母親に辟易としながら待っていた雪松は、参道を歩く人々をなんとなく見ていたのだが、赤い着物を着た女の向こうに堀部安兵衛に似た侍を見つけて、目をこすって確かめた。

横顔が似ていると思った雪松は、侍が曲がっていったので見失うと焦り、母親に告げる間もなく走って追った。

扇屋の角を右に曲がって石畳が敷かれた路地に入ると、姿はなかった。

捜しながら走った雪松が、左手の路地を見ると、離れたところに後ろ姿を見つけて声をかける。

「堀部様！」

侍は振り向くことなく、右に曲がった。

その場所から目を離さず走っていくと、そこは料理茶屋だった。入口から両側に黒竹が植えられており、奥は植木の枝で薄暗く、子供の雪松には近寄りがたい雰囲気がある。

それでも父のため、安兵衛と会わなければならないと意を決した雪松は、暗くて薄気味悪い場所へと足を踏み入れた。すると、どこで見ていたのか店の半纏を着た男が出てきて、困ったような面持ちで歩み寄る。

子供は入れないと言われて、雪松は訴えた。

「たった今、知り合いが中に入られたのです。呼んできてはいただけませぬか」

すると店の者は、眉尻を下げた。

「お客様から人を近づけぬよう仰せつかってございますから、外で待っていただくしかありません」

「わかりました。では待ちましょう」

「ほんとうに待たれますか。いつ出られるかわかりませんが」

「大丈夫です」

「では、そのようにお伝えします。お名前は」

「岩城雪松です」

名前を復唱した店の男は、中に戻っていった。

座る場所もないので、母に知らせるべく、一旦土産物屋まで戻ろうとした雪松の前に、侍が立ちはだかった。すももを齧っていた侍は、にやついた顔で口にくわえ、袖からひとつ取り出して差し向ける。

「甘いぞ、食え」

いきなりのことに、雪松は戸惑う。

「子供が遠慮をするな。腹が空いておるのだろう」

どうやら侍は、雪松が腹を空かせて料理茶屋に入ろうとしたと思ったらしい。

雪松は実際に腹が減り、喉も渇いていたので受け取って、一口齧った。

「甘いだろう」

「はい」

侍が笑って立ち去ろうとしたところへ、中年の商家の男が走ってきて指を差す。

「いた！　すもも泥棒！」

大声を無視して侍が走り去ろうとする前に、今度は雪松が立ちはだかる。

「どけ」

肩に向けられた腕をつかんだ雪松が止めているところへ追いついた商家の男が、雪松が齧ったすももを手にしているのを見て、呆れ顔で侍に言う。

「いくら子供が腹を空かせているからって、お代も払わずに持っていかれては困ります。子供に免じて目をつむりますから、今すぐお代を払ってください」

ところが侍は逃げようとする。

雪松は腕を放さず行く手を塞ぎ、懐から取り出した財布を侍に差し出した。

「これをお使いください」

目を見張った侍は、目尻を下げた。

「すまんな」

財布を受け取り、商人に振り返る。

「いくらだ」

「十六文いただきます」

「高いな」

「ご冗談を。八つで十六文は安いほうですよ」

「おれの里では十文だった」

「ではお役所に行きますか」

言い返せない侍は、渋々払って商人を追い返すと、財布をそのまま己の懐に入れて雪松に振り向いた。

「子供にしては銭をたっぷり持っておるが、この料理茶屋に親でもおるのか」

「違います」

「では、子供でも入れる飯屋に連れていってやろう」

「いえ結構です」

侍は怪訝（けげん）そうな顔をした。

「ここで何をしておる」

「知り合いに似たお人が入られたので、出てこられるのを待って確かめようとしているのです」

「なんだそうだったのか。よし、ではすももの礼におれが見てきてやろう。名はなんという」

「堀部安兵衛様です」

侍の顔が一瞬こわばったが、雪松は母親が来ないのを気にして見ていない。

「何を見ておる」

「母が来ないもので」

侍は雪松の目線の先をちらりと見やり、うなずいてから告げる。

「ここで待っておれ。おれが店の中をすぐ見てきてやる」

「お願いします」

雪松は侍に頭を下げ、店の中に入るのを見送ったのだが、四半刻（約三十分）待っても出てこない。

「雪松！」

切迫した声に顔を向けると、母が血相を変えながらこちらに駆けてくる。

「母上。お待ちしておりました」

「何を言うておるのです！ 見知らぬ土地で迷子になったらどうするのですか！」

叱りつつも息子を抱き寄せたお滝は、安堵の息を吐いた。

強く抱きしめられた雪松は、人目を気にした。

「母上、苦しいです」

お滝が放し、顔を見て問う。

「どうして急にいなくなったのです」

「堀部安兵衛様をお見かけして追ってきたのです」

お滝は驚いた。

「それはまことですか」

「はい」

「今どこにおられるのです」

「この店に入られたので確かめようとしたのですが、子供はお断りだと言われたのです」

「来なさい」

行こうとする母を、雪松が止める。

「今かわりに、ご縁をいただいたお侍に見てもらっているので待っているところです」

お滝は怪訝そうな顔を息子に向ける。

「ご縁をいただいたとはどういうことですか」

すもの一件を聞いたお滝は、無垢(むく)な息子に呆れた。

「それは財布を盗(と)られたのです」

「そうでしょうか」

呑気な雪松のそういうところは泰徳に似ていると思ったお滝は、息子を騙(だま)した侍に腹を立て、手をつかんで中に歩みを進める。そして、出てきた店の者を睨(にら)む。

「この子の母ですが、外で待つよう申したのはあなたですか」

「へえ」

商人らしく揉み手で愛想笑いを向ける男に、お滝は厳しい態度で向き合う。

「おかげで、怪しい者に財布を盗られました。先ほど中に入った者がいるかどうか検めます。そこをおどきなさい」

「他のお客様のご迷惑になるので困ります」

「なるほど、この店は子供から財布を盗った者をかばうのですか」

お滝の剣幕に慌てた店の男は、中に案内した。

雪松もついていくと、廊下を曲がって侍が来た。

案内をしていた店の男が、ちょうどよかったと言ってお滝に振り返る。

「ご子息様がお待ちになられていたお客様が出てまいりました」

声が聞こえた侍が、不思議そうな顔で立ち止まる。

「わしに用があるのはおぬしたちか？」

お滝が、戸惑った顔を雪松に向ける。

「このお方を追いかけてきたのですか」

安兵衛だと思っていた侍は、近くで見るとまったくの別人だった。

雪松は素直に頭を下げて詫(わ)びる。

「すみません。人違いでした」

店の男が苦笑いをする横で、侍が下唇(したくちびる)を出して応じる。

「まあよい」

気にせず行こうとする侍に、雪松が問う。

「すみません。ここに大きなほくろがあるお侍がお邪魔されませんでしたか」

鼻の右を指差す雪松に、侍は首をかしげる。

「いや、誰も来ておらぬ。もうよいか」

「足をお止めしてしまいました。どうかお許しください」

頭を下げるお滝にうなずいた侍は、酒の匂いをさせながら帰っていった。

「おかしいな」

店の者がつぶやきながら奥へ行く。

雪松が母を抜かしてついていき、障子が少し開いていたので中を見る。すると、背中を露(あら)わにした女が布団でうつ伏せになっているのが見え、目が合った。

足を止めなかったので一瞬のことだったが、女が笑ったように見えた雪松は、店の男について歩く。

母が声をかけてきた。

「前だけを見て歩きなさい」

そこで何がされていたかはわからないが、なんとなく見てはいけない物だと悟った雪松は素直にうなずく。

「わかりました」

お滝は雪松の腕をつかんで寄り添い、障子が開いた部屋があれば背後から頰を押さえて前だけを向かせながら歩く。

案内していた男が座敷の前で立ち止まって振り返る。

「こちらにご案内しました。お客様、失礼します」

断ってから障子を開ける店の者をどかせたお滝が中を見て、怒気を浮かべた。

「いないじゃないですか」

「おかしいですね」

そこへ来た仲居に、お滝が詰め寄る。

「ここにいた者はどこにいるのです」

お滝の剣幕に恐れをなした仲居が、戸惑いがちに答える。

「お酒を一杯だけ飲まれて、裏から帰られました」

「裏に案内なさい！」

泥棒を逃がしたと怒るお滝に、店の者たちが慌てて案内する。

雪松も追って裏から出たが、時すでに遅く、まんまと逃げられていた。

ため息をつくお滝に、雪松が歩み寄る。

「母上、わたしが迂闊でした」

「仕方ありません。父上には黙っておいてあげますから、次からは気をつけなさい」

父が知れば木刀を千回振れと言われるに決まっていると恐れていた雪松は、ほっと息をつく。

「何かあったのか」

背後でした声に雪松が驚いて振り返ると、岩倉がいた。

「あの、その……」

しどろもどろになる雪松を下がらせ、お滝が答える。

「雪松が堀部殿を見かけて追ってきたのです」

「中にいるのか」

雪松が沈んだ調子で告げる。

「わたしの見間違いでした」

岩倉は真顔で応じる。

「わたしは、浅野の旧臣が泊まっていた宿を突き止め、宿の者からここを紹介したと教えてもらい来たのだ。安兵衛殿ではないにしても、その者に居場所を訊こう」

岩倉が店の者に案内を頼むと、男と仲居は恐縮して答える。

「先ほど帰られたお客様の他には、どなた様もいらっしゃいません」

雪松が表だと言って、岩倉を案内して走ったがすでに姿はなく、周囲を捜しても見つけられなかった。

岩倉は顔をしかめる。

「一足遅かったか」

「すみません」

肩を落とす雪松に、岩倉が微笑む。

「お前は何も悪くない。宿に戻るはずだから共に行こう。顔を教えてくれ」

「はい」

元気を取り戻した雪松は、お滝の手を引いて急がせ、岩倉についていった。

二

岩倉が連れていったのは、鴨川のほとりにある小さな旅籠だった。

中に入り、おそらく偽名だろうと言っていた岩倉がその名を出して旅籠の者に問うと、まだ帰っていないという。

岩倉は、外で待っているお滝を手招きして告げる。

「中で待とう」

応じたお滝が雪松の腕を引く。

「何を見ているのです」

この時雪松は、路地を歩いてくる女から目が離せなくなっていた。

「母上、今日はお祭りなのですか」

「ええっ？　どうしてです？」

「真っ白い顔のお面を着けた女の人がいます」

お滝が強く引く。

「見ないでいいから入りなさい」

中に入れられても気になって見ていると、旅籠の前に下駄（げた）の音が近づき、派手に着飾った女が二人歩いてきた。

それを見た岩倉が、笑いながら言う。

「あれはお面ではなく、白粉を塗っているのだ」

「面ではないのですか」

「化粧だ。雪松は芸者を見るのは初めてか」

「はい。役者ですか」

「役者ではない。座敷で……」

「岩倉殿、雪松は花街に行ったことがないのですから、知らなくてもよろしいのです」

お滝にぴしゃりと言われて、岩倉は指で頬をかきながら笑う。

「お前にはまだ早いそうだ」

小声で言われて、雪松は不思議に思った。

「母上、どうして早いのですか？」

「いいから、静かに待っていなさい」

「てっきり、お祭りがあるのかと思いました」

残念に思って肩を落とした雪松は、旅籠の者たちが密かに笑っているのに気づいて顔を向けると、潮が引くように誰もいなくなった。

雪松の腹の虫がぐうっと鳴った。

気づいた岩倉が笑う。

「腹が減ったか」

「はい。先ほど食べそこねたので減っております」

うなずいた岩倉が、旅籠の者に声をかける。

「そこの小上がりで何か食べさせてはもらえぬか」

応じた中年の仲居が、うどんと菜飯があると言う。

雪松は即答する。

「両方いただきます」

「よく食うのはよいことだ」

岩倉が言うと、お滝が笑って応じる。

「この細い身体のどこに入るのかと呆れております」

「食べなければ力がつかぬからな」

岩倉とお滝はうどんを注文し、三人で待っていると、程なく仲居が持ってきた。

手を合わせて箸を取った雪松は、うどんを一口すする。

「母上、京の味は薄いですね」

「しっ、声が大きい」

お滝が気にすると、仲居は聞こえているはずだが知らん顔をして立っている。

岩倉が声に出して笑う。

「母上の味が一番だからな」

「そうでもないのですが」

「雪松、もう作りませんよ」

頬をつねられて、雪松は顔を背(そむ)けて逃れると、菜飯を口に運ぶ。

「この子ったら、誰に似たのかしら」

「少なくとも、泰徳殿ではないようだな」

遠慮のない岩倉が言うと、

「まあ、確かに」

お滝が納得し、亡き祖父雪斎(せっさい)にそっくりだと言った。

父より強かったと聞いている雪松は嬉しくなり、ついにやついてしまう。

そんな雪松は、たった今暖簾(のれん)を分けて入ってきた男と目が合い、互いにあっと声をあげた。

侍が脱兎のごとく駆け出した。

「母上、財布を持っていった人です」

雪松は告げるなり裸足で跳び下りて表に出ると、逃げた侍を追って走る。

振り向いた侍は、足の速い雪松に目を見張りながらも必死に逃げる。

「待ってください！」

叫んだ雪松が追って路地を曲がると、先にいる侍は途中で曲がって見えなくなった。

雪松が行くと、そこには格子戸があり、人一人が通れるくらいの路地の先にある建物の戸が閉められた。

岩倉と母はまだ追いついていないが、雪松は、逃がさない、と独りごち、格子戸を開けて路地を走り、建物の戸を開けて勝手に上がった。

雪松は知る由もないが、そこは芸者の置屋だった。

「逃げないでください」

声をかけて襖を開けると、地味な小袖を着た中年の女が煙管をくゆらせ、迷惑そうな顔を向ける。

その正面には、浴衣姿の女が正座していたのだが、振り向かれた雪松は、わっと声をあげて尻餅をついてしまった。女は化粧の途中で、眉墨も紅もさしていない、真っ白な顔だったからだ。

「ちょっと、化け物を見るような目で見ないの」

若い女が言うと、中年の女がだみ声で笑った。そして、雪松を見て目を細める。

「可愛らしい顔をしてはる若様だこと。加代、この子は化粧をしたらきれいになるよ。わたしが言うんだから間違いない」

「わたしのが終わったら美しくしてあげるから、中で待ってなさい」

加代に手招きされて、雪松は廊下で正座し、改めて問う。

「勝手に上がってすみません。わたしは、今こちらに入られたお方に話があります」

すると加代は、中年の女に顔を向けた。

「おかあはん、誰かお越しでしたか」

「わたしは見てへんよ」

「だそうどす」

加代がそう言ったが、確かにここに入るのを見ている雪松は引かぬ。

「とぼけないでください」

「とぼけてなんかおりませんよ。化粧をするさかいに、帰っておくれやす」

加代が背を向けると、女将は雪松に微笑む。

「これからお座敷があるさかいに、若様のお相手はできまへんのや。えらいすみませんなぁ。飴ちゃん食べる？」

軽くあしらわれた雪松だったが、男がどこかに隠れているはずだと見込んで、頭を下げて大声で告げる。

「父は堀部安兵衛様と奥田孫太夫様の友人です！」

すると女将がびくりと肩を震わせた。

「わあびっくりした。そんな細い身体のどこから、そんな大声が出ますのや」

雪松は無視して続ける。

「お二人を捜して江戸から来ました。聞いてらっしゃいますか！」

女将が両手で耳を塞ぐ前で、加代は顔をこわばらせている。

「ああ、耳が痛うなったわ」

その加代の背後で襖が開けられ、逃げた侍が姿を現した。

女将はまた迷惑そうな顔をして立ち上がり、軽く頭を下げる侍を見下ろしながら出ていく。

加代の横であぐらをかいた侍が、雪松を見る。

「小僧、一人で来るとはいい度胸だと言いたいところだが、阿呆だな。おれが悪人だったらどうする。命はないぞ」

雪松は侍をじっと見据えながら応える。

「そのようなお人ではないと、目つきでわかりますから」

侍は笑いながら加代を見る。

「見る目がある小僧だな。なあ」

同意を求められて、加代は侍に顔を向けてにっこりと笑った。

侍が真顔になって言う。

「化粧を終わらせろ」

「もう」

肩をたたいた加代は、背中を向けて化粧の続きをはじめた。

雪松が問う。

「あなた様は、赤穂浅野家のご家来ですか」

「なぜそう思う」

「先ほど旅籠に入ろうとされたからです。あそこになんの用があったのですか」

「がきのくせにしっかりしているな。お前さん、名は」

「岩城雪松です」

「さっき一緒にいたのが両親か」

「その前に、わたしの質問にお答えください」

「わかったよ。おれの名は、鬼ヶ島桃太郎だ」

化粧をしている加代が吹き出したので、雪松は本名ではないと思い侍を睨んだ。

大真面目な顔の桃太郎は続ける。

「おれはこう見えて、浅野内匠頭様の馬廻をしていた者だ。安兵衛殿を捜しているなら知っておるだろうが、赤穂の籠城に馳せ参じたが、腰抜けの国家老が城を明け渡してしまったので死に場所を失い、このざまよ」

雪松は、桃太郎の着物の右袖に当て縫いがされているのが気になり目を向けた。小袖の生地は新しそうなのに、その部分だけ当て縫いがされているのが不自然に見えたからだ。

雪松の目線を気にして右袖を隠した桃太郎は、こう切り出した。

「次はおれの番だ。安兵衛殿と孫太夫殿を捜していると言ったが、そのわけはなんだ」

「詳しくは知りませぬ。わたしは、父の力になりたくてあなたを追ってきました。お二人の居場所をご存じならば、お教えください」

「お前の父とお二人は友人だと言ったが、どうして信用できる」

「子供は嘘を言いません」

雪松の答えを聞いた桃太郎は大笑いして、加代の背中をたたいた。

「自分で言うとは、図々しい小僧だな。なあおい」

「この子はまっすぐな気性やと思いますぅ」

化粧に集中しながら応える加代にうなずいた桃太郎は、雪松に真面目に向き合う。

「安兵衛殿と孫太夫殿は、腰抜けの国家老に腹を立てて江戸に帰ったのではないかと思うぞ」

雪松は疑いの目を向ける。

「ほんとうですか」

「おれも二人を捜したが、どうしても会えぬ。先ほどの旅籠に顔を出したのは、仲間からあそこに行けば何かわかるかもしれないと言われたからだ」

桃太郎と名乗った時とは別人のように険しい顔で言うので、侍の言葉を素直に信じた雪松は、目を下に向けた。

「わかりました。江戸に戻られたかもしれないと、戻って父に伝えます」

頭を下げて帰ろうとした雪松を、桃太郎が呼び止める。

「財布を返す」

すっかり忘れていた雪松が振り返ると、桃太郎は微笑を浮かべて差し出した。

頭を下げて受け取る雪松に、桃太郎が笑う。

「自分の財布なのに、頭を下げる奴があるか」

「そうでした」

笑った雪松は懐に入れ、置屋をあとにした。

母にまた叱られるだろうと思いながら旅籠に戻っていると、

「ちょっと待って」

背後から声をかけられ、腕を引かれた。

振り向いた雪松は、目の前の白塗り仮面にのけ反る。

「誰ですか」

「加代です」

「えっ」

化粧を終えていた加代がわからなかった雪松は、目を輝かせる。

「人形みたいですね。まるで別人です」

「別人は余計です」

雪松の鼻をちょんとつついて子供扱いする加代だが、後ろを振り返って桃太郎がいないのを確かめたかと思うと、腕を引いて置屋から離れた。そして、角を曲がったところで言う。

「あの人を助けるために、雪松はんのお父上に会わせておくれやす。このとおり」

両手を合わせて頼まれた雪松は、何か深いわけがあると察して応じ、路地を戻った。

「雪松！」

横の路地からした声に顔を向けた刹那(せつな)、お滝が凄(すご)い形相(ぎょうそう)で歩み寄って腕をつかみ、尻をたたいた。

「勝手に離れたらいけないと何度言わせるのですか。しかも裸足で！」

「母上ごめんなさい。でも、浅野家のご家来を見つけました」

「えっ！」

驚いたお滝は、加代が見ているのにようやく気づいて眉間(みけん)に皺(しわ)を寄せる。

「あなた様は？」

加代はしおらしく頭を下げ、懇願の面持ちで告げる。

「加代と申します。わたしの幼馴染みをお助けいただきたく、厚かましくも若様にお頼みしました」

「父上に会いたいそうです」

雪松にちらりと顔を向けたお滝は、加代に問う。

「幼馴染みが、浅野家のご家来だったのですか」

「はい」

「わかりました。まずは岩倉殿に相談します」

「いいんじゃないか」

お滝が振り向くと、岩倉が腕組みをしながら近づいてきて、加代に告げる。

「ゆっくり話を聞かせてもらうが、座敷はいいのか」

「今はそれどころではありませんから」

「そうか。では行こう」

先に立つ岩倉に続いた雪松は、加代に振り向いた。頭を押さえて前を向かせる母に、雪松は不服そうな顔を向ける。

「草履を履きなさい」

言われるままに足の土を払って草履をつっかけた雪松は、加代を先に行かせて、桃太郎が来ていないか気にしながらあとに続いた。

三

戻っていた泰徳は、旅籠の一間を借りて、岩倉と共に加代と向き合った。

加代は、幼馴染みを助けたい一心で、二人にすべてを話した。

赤穂の貧しい村で生まれた加代は、幼い頃に口減らしのために売られ、京で芸を磨いてようやく芸者として独り立ちしたばかり。

そんな加代を同郷の桃太郎が訪ねてきて、この世の見納めに舞を見せてくれと言い、有り金をすべて置いたという。

黙って聞いていた泰徳が、折を見て切り出す。

「その先を聞く前に教えてくれ。息子が聞いた鬼ヶ島桃太郎という名は本名なのか」

加代は困り顔で首を横に振った。

「あの人が咄嗟に思いついた嘘です。ほんとうの名は、児島祥太郎です。わたしと同じ貧しい農家の出ですが、武家に憧れる村の仲間たちと鍛えた剣術の腕前を内匠頭様に認められて、馬廻役として取り立てられたのです」

岩倉が問う。

「村の者が、どうやって剣術を披露したのだ」

「わたしはその頃には村を出ていましたから、ほんとうかどうかはわかりませんが、隣村と水争いが起きた時に、相手側が浪人を雇って押さえ込もうとしたそうです。仲間はみんな木刀でひどく痛めつけられたのですが、遅れて駆けつけた祥太郎さんが三人を相手にして打ち負かしたのがお殿様の耳に入り、城に呼ばれたそうです。本人は首を刎ねられると思っていたら、家来にされたと聞いています」

泰徳がうなずきながら岩倉に言う。

「左近を家来にしようとしていた内匠頭殿だ。ない話ではないぞ」

「うむ」

応じた岩倉が、加代に続きを促す。

神妙にうなずいた加代は、児島を襲った悲劇を告げた。

城の明け渡しが決まった直後に仲間たちと赤穂を去った児島は、加代がいる京に入り、これからどうするか考えながら過ごしていたらしい。

堀部安兵衛たちが江戸に戻ると知った児島は、行動を共にするべく江戸に行こうとしていた矢先に四人の刺客に襲われて仲間二人を失い、加代のところに逃げ込んで隠れていたのだ。そんな時に、遅れて赤穂を離れた浅野の旧臣たちが京に入ったとの話を耳にして、捜していたのだという。

顔を伏せ気味にしてそこまで告げた加代は、泰徳に目を向ける。

「料理茶屋から逃げたのは、若様の財布を盗むためではなく、ほんとうに堀部様がおられると思い中を確かめたところ、まったくの別人だったため騙されたのではないかと思い、刺客を恐れてのことだそうです」

泰徳はうなずき、加代の目を見る。

「そなたは、どうしたいのだ」

加代は下を向いた。

「できれば、共に村に帰りたいと思っております」

「ひとつ教えてくれ。浅野家の旧臣たちに、仇討ち(あだうち)の動きがあるのか」

加代は深刻な面持ちでうなずく。

「あの人は、初めはそのつもりだったようですが、仲間を殺されてからは迷っているようです」

岩倉が問う。

「それで？　我らに何を望む」

「これ以上、あの人に関わらないで。どうか、そっとしておいてください」

平身低頭（へいしんていとう）して懇願する加代に、泰徳が真顔で告げる。

「何か勘違いをしているようだが、我らは堀部安兵衛殿と奥田孫太夫殿を止めるために捜しているのだ」

加代は驚いた顔を上げた。

「ほんとうですか」

「ほんとうだ。そのために、なんとしても会わねばならぬ」

泰徳を見ていた加代が、神妙な面持ちで告げる。

「あの人には言わないと約束できますか」

泰徳は加代を見返した。

「何か知っているのか」

「約束できますか」

念押しする加代に、泰徳は真顔でうなずく。

「言わぬ」

「三日前に、松月という茶屋の座敷に呼ばれた時、安兵衛殿と呼ばれていた侍がおられました」

岩倉が口を挟む。

「堀部安兵衛か」

「下の名だけで呼ばれていましたから、堀部様かどうかはわかりませぬ」

泰徳が問う。

「どのような男だった。歳は」

「三十代の、覇気のあるお方でした。あまりじっくり見ると怪しまれると思い、お顔はよく覚えておりません」

「声が大きかったか」

「はい」

「覇気があって声が大きいなら、間違いないだろう。松月の場所を教えてくれ」

「ご案内します」

「いや、この男が京に詳しいから、場所だけ教えてくれれば我らだけで行く。安兵衛殿と孫太夫殿を必ず説得して仇討ちをあきらめさせるから、児島殿をどこにも行かせないで待っていなさい」

「わかりました」

場所を教えた加代は、頭を下げた。

望みを持って帰る加代を廊下で見かけた雪松が、声をかけた。

「児島様によろしくお伝えください」

頭を下げる雪松に加代は微笑み、頰に手を当てる。

「可愛い」

「えっ」

驚いた雪松は、加代の笑顔に照れた。

見ていたお滝に咳払い（せきばらい）をされて、加代は申しわけなさそうに帰っていく。

加代に触れられた頰に手を当て、ぼうっと見とれている雪松に、お滝は怒気を浮かべて耳を引っ張った。

「これ、父上に言いましょうか」

木刀千本振りだけは勘弁してほしい雪松は、自分で頰をたたいて、母親の機嫌を取った。

そこへ、泰徳が出てきた。

「何をわたしに言うのだ」

「父上、なんでもありませ……」

雪松の言葉を遮るように、お滝が言う。

「加代さんに可愛いと言われて、浮かれていたのです」

「母上」

慌てる雪松に、泰徳が笑う。

岩倉が出てきて、雪松の肩を抱いて小声で言う。

「雪松、あと五年待て。わたしが芸者遊びに連れていってやろう」

雪松は不思議そうな顔で見上げる。

「芸者と何をして遊ぶのですか」

「舞を見たり、いろいろ楽しいぞ。芸者が気に入ったのなら格別にな」

「そんなのではありません！」

離れて中に入る雪松が顔を赤くしているのを見て、泰徳と岩倉は笑った。

お滝が横目でじっと見ているものだから、泰徳は笑みを消して言う。

「行ってくる」

表まで見送りに出たお滝が、二人に声をかける。

「お気をつけください。特に狐には」

狐顔の加代を意識して言っているに違いないお滝に、泰徳は閉口しながら出かけた。

横に並んだ岩倉が、笑いながら口を開く。

「雪松は、旅をして大人になったようだな」

「しっ、お滝に聞こえる」

岩倉は振り向き、泰徳に言う。

「そういう意味ではない。あの子のおかげで、浅野家の旧臣と会うことができ、安兵衛たちにも近づけた」

「まだ会えると決まったわけではないぞ」

「まあそうだが、雪松はおもしろい。将来が楽しみだ。早く共に酒を飲みたい」

「やはりそっちではないか」

笑って歩みを進める岩倉に続いた泰徳は、後ろを振り向いた。仁王立ちで見ているお滝に首をすくめて、聞こえているぞと岩倉に言い、背中を押して先を急いだ。

泰徳と岩倉は松月の女将に会うて問うたのだが、

「堀部安兵衛様……。はて、そのようなお名のお侍が来はりましたかねえ」

などと、おっとりした口調で答えるものの、とぼけているとしか思えない。

口が堅いのは承知のうえで臨んでいる泰徳と岩倉が引き下がるはずもない。

岩倉がこう切り出す。

「さすがは噂どおりの名店だ、しっかりしておる。わたしもお忍びの時は、是非使わせてもらおう」

女将は目尻を下げる。

「使うてやっておくれやす」

作り笑いを浮かべているが、目は落ち着きなく、通りかかった仲居に仕事の指図をするなど、忙しいからもう帰れ、という雰囲気を出すのがうまい。

泰徳がまんまと嵌まって帰ろうと言うのを無視した岩倉が、女将にふたたび切り出す。

「芸者の加代を知っているか」

「へえ、よう知ってます」

「その加代から、ここに来ればわかると言われて来たのだ」

「まあ」

女将は手をひらりとやって、横目で言う。

「それを先に言うておくれやす。ええと、堀部安兵衛様でしたか」

「そうだ」

「確かに使うていただきました」

「いつの話だ」

「三日前と、五日前どす」

泰徳が問う。

「一人か」

「いいえ、大勢さんどす」

「どんな様子だった」

「何やら深刻そうなご様子でした」

仇討ちの相談に違いないと思った泰徳は、岩倉と目を合わせてうなずいた。そして、女将に小判を一枚差し出した。

「これで頼まれてくれ」

女将が困惑した顔で訊く。

「何をどす？」

「堀部安兵衛殿が次に来たら、知らせてほしいのだ」

四条の旅籠の名を告げ、一旦引きあげようとすると、女将が呼び止めた。

「お金はいりまへん。そのかわり、うちの旅籠に泊まっておくれやす。通りを挟んだ向かいにありますから、お座敷に上がられたらすぐにお伝えすることができます」

これには岩倉が即答した。

「それはよい。泰徳殿、こちらに移ろう」

「では女将、世話になる」

「おおきに」

明るく応じる女将は、なかなかの商売上手だ。

案内されたのは、目の前にある梅乃楽という旅籠だ。

女将が看板を示しながら言う。

「わたしは梅乃と申します。自分が楽になりたいと思ってつけた名前どすけど、泊まり客が少ないから楽じゃございません」

中を見ている岩倉は聞いていないようだが気に入ったらしく、泰徳は一人で妻と息子を迎えに行った。

四

梅乃楽に移って三日が過ぎた。

町中にある建物の二階から外の景色を眺めたことがなかった雪松は、眼下の通りを歩く人を見るのが楽しくて、手すりに顎を載せて外ばかり見ている。

「これ雪松、父上がなんと申されましたか」

雪松は母親に向きなおり、うつむき気味に答える。

「暇な時は、兵法書を読め」

「はい」

書物を渡された雪松は、窓辺に正座して開いた。

「ひとつ、戦わずして敵の兵を制す」

声に出して読む雪松に満足そうにうなずいたお滝は、縫い物に戻った。

それを横目に見た雪松は、丸暗記している部分だけを声に出しながら、書物を読むふりをして通りに目を向けた。

あくびをしながら見ていた雪松は、しばらくするとどうにも眠くなってきた。

静かになったのでお滝が手を止めて見ると、雪松は手すりにもたれかかって寝ている。

「もう、しょうがない子ね」

起こそうとした時、泰徳と岩倉が帰ってきた。

「そのままにしておいてやれ」

甘やかす泰徳に従ったお滝は、首尾(しゅび)を訊いたが二人とも首を横に振る。

「もう京にはおらぬかもしれぬな」

岩倉の声に目をさました雪松は、書物を読むふりを続ける。

泰徳が笑いながら言う。

「雪松、いつから逆さまに読む術(すべ)を身につけたのだ」

文字が逆なのにはっとした雪松に、皆が笑う。

「この子ったら、外ばかり見ているのです」

お滝に告げ口されて、雪松は恐る恐る父を見る。

泰徳が笑顔のまま息子に訊く。

「そんなにおもしろいか」

「違います。わたしは堀部様が来られないか見ているのです」

半分は嘘ではないので堂々と言うと、泰徳はうなずく。

「ではよく見張っておいてくれ。父は岩倉殿と風呂に入ってくる」

「行ってらっしゃいませ」

元気よく送り出した雪松は、呆れた顔をしている母に言う。

「しっかり見張ります」

暗くなってからがおもしろいのだと思った雪松は、向かいの料理茶屋に来る客たちに目を配る。

武家はまったく来ず、商家のあるじと思しき客が入っていくと、日が暮れた頃になって芸者が何人かやってきた。

江戸では見たことがない芸者の姿がおもしろくて、あんな格好をして食事をするのかと不思議に思う。

京はおもしろいところだと笑った雪松は、通りを歩いてきた侍を見て、思わず身を乗り出した。

「鬼ヶ島桃太郎さんだ」

すぐ後ろを歩いている芸者は加代だった。

二人が松月へ入るのを見届けた雪松は、安兵衛と孫太夫が来るのではないかとどきどきしながら、通りに目をこらす。

だが、現れない。

四半刻ほど目をこらしていると、泰徳と岩倉が戻ってきた。

雪松が顔を向ける。

「父上、鬼ヶ島桃太郎殿と加代殿が松月へ来られていますが、堀部様と奥田様のお姿は見えません」

泰徳がうなずき、岩倉が口を開く。

「児島殿は、座敷に呼ばれた加代を守って来たに違いない」

泰徳が言う。

「裏から来ているというのはないだろうか」

「よし、確かめよう」

「雪松、表を見張っていろ」

「おまかせください」

父に応じた雪松は、通りに目をこらす。

父と岩倉が松月に入るのを見届けたが、それからはなんの動きもない。

半刻（約一時間）が過ぎた頃、母から声をかけられた。

「雪松、食事をいただきなさい」

いつの間にか膳が置かれ、母がお櫃から飯をよそっている。

父と岩倉を案じた雪松は問う。

「母上、父上たちは中で見張っておられるのでしょうか」

「おそらくそうでしょう。見張りはわたしがかわりますから、今のうちに食べてしまいなさい」

素直に従った雪松は、膳の前に座して手を合わせた。

「これ、そんなに急いで食べると喉に詰まりますよ」

飯を飲み込めなくなった雪松は、涙目になって胸をたたいた。

「だから言ったでしょう」

湯呑みを取った雪松は、茶と共に飯を飲み込みほっとする。

お滝は呆れ気味に言う。

「落ち着きなさい」

それでも飯をかき込んだ雪松は、手を合わせて頭を下げ、窓辺に戻った。

「かわります」

父の頼みごとに必死に応えようとするけなげな息子に、お滝は微笑んで場を譲った。

膳を片づけに部屋を出ていく母を横目に、雪松は見張りを続けている。

「父上は遅いなぁ」

初めは張り切っていたものの、なんの変化もないためだんだん退屈になってきた雪松があくびをした時、松月から児島と加代が出てきた。

少し前に帰った商人風の三人連れに呼ばれていたのだろうかと雪松は考えながら、加代の後ろ姿を見ていたのだが、少し離れた後ろを歩く人影が目にとまった。

その者はあたりには目もくれず前を見ており、児島が振り向く直前に身を隠した。

目を離すことなく見ていた雪松は、児島らが跡をつけられていることに気づいて立ち上がった。そこへ母が戻ったので、雪松は告げる。

「鬼ヶ島桃太郎殿と加代殿が曲者(くせもの)につけられていますから、父上に知らせに行きます」

外に出た雪松の耳に、女の悲鳴が届いた。

きっと加代に違いないと思った雪松は、二階の窓から顔を出していた母に声をかける。

「父上に知らせてください」

「お待ちなさい。雪松！」

止める母を振り切って、ふたたび悲鳴があがった方角へ走った。

松月にいた泰徳は岩倉と共に、中庭を挟んだ向かいにある座敷にいる客が出てくるのを待っていた。赤穂のご浪人だと女将が教えてくれたからだ。そしてその部屋から、つい先ほど児島が出てきたのだ。

安兵衛たちがいると睨んだ泰徳は、出てきたところをつかまえて、江戸に連れて帰るつもりだった。

そこへ、女将に案内されてお滝が来た。

「お前様、雪松が……」

曲者につけられた児島たちを追ったと聞いて、泰徳はすぐさま飛び出した。

その頃、雪松は悲鳴と怒鳴り声がするほうへ走っていた。すると、鴨川に架かる橋の上で、児島と加代が五人の曲者に囲まれているのが見え、大声をあげる。

「人殺し！　誰か、人殺しです！」

雪松の声が届いているはずだが、曲者は攻撃の手をゆるめない。

刀を抜いて応戦していた児島は、二人同時に斬りかかられ、一人の刀が腕に当たった。右腕から血が流れたが、児島は顔をしかめ、刀を左手だけでにぎって構えている。

曲者が気合をかけながら斬りかかる。

「やめて！」

叫んだ加代がかばい、袈裟懸けに打ち下ろされた刀が肩に当たった。

加代は目を見開き、足の力が抜けた。

「加代！」

倒れるのを支えて横たわった児島が、加代をかばって覆いかぶさる。

曲者どもは、とどめを刺さんと二人に歩み寄る。

雪松は脇差を抜いた。

「やめろ！」

叫んで助けに入ろうとした横を、黒い影が走り抜けた。

後ろ姿を見て父だと思った雪松は、それに続こうとしたのだが、後ろから来た岩倉に腕をつかまれ止められた。

「見ていろ」

雪松が応じて父に顔を向ける。

泰徳は抜刀して曲者に迫り、向かってきた二人を斬り倒して進む。そして、残りの三人は峰打ちして捕らえようとするも、弓を持った六人目が現れ、矢を放たれた。

飛んできた矢を斬り飛ばした泰徳が迫り、ふたたび番えようとしていた曲者を一撃で倒す。

だがその隙に、峰打ちで痛めつけていた曲者どもが横をすり抜け、暗い道を走り去った。

泰徳が追おうとするのを岩倉が止め、倒れている三人の曲者を調べる。だが、身元がわかる物はいずれも持っていない。

雪松は、加代の名を呼び続けている児島に駆け寄った。

着物の前を血で染めている加代は、ぐったりして意識がない。

駆け戻った泰徳が、傷を見ていかんと言い、岩倉に告げる。

「梅乃楽に連れていこう。雪松、先に戻って、女将に医者を呼んでもらえ」

雪松はすぐさま走って戻り、松月の前にいた母と女将に伝えた。

「近くにいい先生がいるから呼んできます」

女将は自ら走っていく。

運び込まれた加代は、駆けつけた医者の治療を受けるも、肩から胸にかけて傷を負っており、意識が戻らぬので助かるかどうかわからない状態だった。

重苦しい空気の中、医者は児島の怪我を診た。そして、渋い顔で児島に訊く。

「これを感じますか」

指先を針でつつかれて、児島は首を縦に振る。

「では、わたしの指をにぎって」

人差し指を立てられたが、児島の右手は動かない。

医者は神妙に告げる。

「右肘の筋をやられています」

「わたしのことはどうでもいい。それより先生、なんとしても加代を助けてください」

「血を止めておりますから、あとは本人次第です」

「わたしのせいで……」

自分のことよりも加代を心配して泣く児島の優しさを見た泰徳は、お滝に顔を向けた。

「看病を頼む」

「はい」

心得ているお滝は、雪松に告げる。

「父上と一緒にいなさい」

「雪松、来い」

部屋を出る父と岩倉について別の部屋に入った雪松は、座して問う。

「父上、加代殿は助かりますか」

「まだなんとも言えぬ」

「鬼ヶ島桃太郎殿の右腕は……」

首を横に振る父の険しい顔を見て、雪松は胸を痛めた。

曲者の始末をつけると言って出かけた岩倉が戻ったのは半刻後だ。

待っていた泰徳に言う。

「骸(むくろ)は町役人(ちょうやくにん)に託した。なんのお咎(とが)めもないから安心しろ」

「何者だろうか」

問う泰徳に、岩倉は渋い顔で応じる。

「仇討ちをさせぬために先手を打ったとすれば……」

「吉良の手の者か」

「襲うた者の他にも大勢動いているはずだ」

「となると、上杉か」

岩倉はうなずいた。

泰徳は舌打ちをする。

「いらぬことをしてくれたものだ。安兵衛殿と孫太夫殿が知れば、黙ってはおらぬ」

「まさに、火に油を注いだも同然だな。抑えるのは骨が折れそうだぞ」

「なんとしても二人を早く見つけ出さねば」

焦る父を初めて見た雪松は、不安が増した。

「父上、曲者に恨まれて狙われませぬか」

「望むところだ。次は生け捕りにして、裏で糸を引く者を突き止める」

「はい」

雪松が応じると、岩倉が言う。

「お前は、今日のようなことをしてはならぬ。我らがもう少し遅ければ、今頃はこの世にいなかったぞ」

「そうだぞ雪松。無鉄砲にもほどがある。母上に心配をかけてはならぬぞ」

「しかし父上……」

「わかったな」

泰徳に厳しく言われて、雪松は背中を丸めた。

「わかりました」

「こうしていても何も変わらぬから、お前はもう寝なさい」

「まだ眠くありません」

「いいから横になれ」

枕屛風(まくらびょうぶ)の奥に敷かれている布団を示されて、雪松は渋々横になった。加代が心配で眠れないと思っていたが、父と岩倉の話し声を聞いているうちに、いつの間にか眠ってしまった。

五

加代が斬られた瞬間に、

「危ない！」

叫んだ雪松は起き上がって目をさました。

夢だと気づいて布団から出ると、誰もいなかった。

加代に何かあったのではないかと心配になり、廊下に出て見に行く。障子を少し開けて中をのぞくと、母が加代の顔を拭(ふ)いていた。

児島が加代の手をにぎり、ずっとそばについているのを見た雪松は、まだ目がさめていないのだと思ういっぽうで、息があることに安堵した。

「若様」

段梯子(だんばしご)からした声に振り返ると、女将が手招きする。

応じて行くと、

「お腹空いたでしょう。下にどうぞ」

「父上と岩倉様の姿が見えませんが」

「とっくにお召し上がりになって、出かけられました。さ、行きましょう。顔を洗ってらっしゃい」

「はい」

素直に応じて下りた雪松は、井戸端で顔を洗って座敷に入った。

一人で食事をとっているところへ母が来たので、雪松は箸を置いた。疲れた様子の母を見て心配する。

「母上、寝ておらぬのですか」

「わたしは大丈夫」

「加代殿はいかがですか」

「高い熱が出ていたのですが、ようやく下がりました。心配せず、しっかり食べなさい」

「母上もお上がりください」

雪松は、用意されている膳から茶碗を取り、お櫃の飯をよそって母に差し出した。

「まあ、お前がよそってくれるなんて、初めてね」

雪松はかしこまった。

「昨日は、心配をかけてごめんなさい」

お滝は微笑む。

「父上に叱られたのですか」

「岩倉様にも、無鉄砲な真似(まね)をするなと言われました」

お滝は笑みを消した。

「人が斬られるのを見て、怖かったでしょう」

「はい。でも、父上のように強くなりたいと思いました」

「父上も一日で強くなったわけではありませんよ。日々の鍛錬が大事なのです。よく嚙んで食べるのも、強くなるためだと思いなさい」

「はい」

雪松はおかわりして、飯を頰張った。

また喉に詰まらせたので、お滝は眉間に皺を寄せる。

「言ったそばからどうしてそうなるのです！　今は慌てる必要はないでしょう」

茶を飲んだ雪松は、大きく息を吸ってまた飯を頰張り、両手を合わせる。

「ご馳走様でした。これから木刀を振ります」

「書物も大事ですよ」

釘を刺す母に生返事をした雪松は、外に出ていった。木刀を手に鴨川まで走り、昨日の橋の下に降りると、正眼に構えて目を閉じる。

父が曲者を倒した技を目に浮かべながら、

「えいっ！」

気合をかけて振るってみる。

父の稽古はいつも見ているが、道場の時とはまるで違い、太刀筋が速かった。

父の本気の剣を目の当たりにした雪松は、こころの底から強くなりたいと思い、一心不乱に木刀を振る。

激しく突きを繰り出して進み、息を整えて振り返った雪松は、大上段から打ち下ろそうとして手を止めた。橋を渡る侍の横顔が、奥田孫太夫に見えたからだ。

今度こそ間違いないと思い、大声をあげる。

「奥田様！」

雪松の叫びが、近くの寺の鐘の音と重なってしまった。そのあいだにも、奥田孫太夫と思しき侍は遠ざかってゆく。

雪松は土手を駆け上がり、橋に走ったのだが、渡った時にはどこにも姿が見えなくなっていた。

「雪松！」

背後でした母の声に振り向くと、遠くへ行ってはいけないと言われた。

父と岩倉に叱られたばかりだった雪松は、母を心配させぬために引き返した。

その後ろ姿を奥田孫太夫がじっと見ていることなど知る由もなく、母のもとへ走る。

「奥田殿、行きましょう」

旧浅野家の同志に呼ばれた孫太夫は、足早にその場を去った。

六

加代はお滝と児島の必死の看病の甲斐あって、夕方に意識を取り戻した。

顔を拭いてやっていたお滝は、目を開けた加代の手を取って微笑み、背後で横になっていた児島に告げる。

「児島殿、目をさまされましたよ」

声に起き上がった児島が、加代が顔を向けていたので左手をついてにじり寄り、お滝とかわって手をにぎった。

「よく耐えてくれた」

声を詰まらせて下を向く児島に、加代は安堵の息を吐いた。

「生きていてよかった」

「お前のおかげだ。無茶をしおって……」

加代の頰に手を当てる児島は、涙を流した。

「襲ったのは吉良の手の者に決まっている」

頰に当てられた児島の手に自らの手を重ねた加代が、強くにぎりしめる。

「もう関わらないで」

「おれは許さぬ」

「お願い祥太郎さん。もう忘れて」

泣いて頼まれた児島は、返事をしないで離れようとした。

そこへ、泰徳と岩倉が戻ってきた。

入口に座っていた雪松が振り向いた。

「父上、加代殿が目をさまされました。でも、鬼ヶ島桃太郎殿が吉良を許さないとおっしゃって、行こうとされております」

止めるつもりだった雪松が助けを求めると、泰徳は応じて中に入った。

「その腕では、殺されに行くようなものだぞ」

「もう我慢なりませぬ」

泰徳は両手を広げて出口を塞いだ。

「身を挺して命を守った加代さんがいいと言うなら、通してやる」

「祥太郎さんお願い。行かないで」

「決まりだな」

岩倉が、児島の胸に紙を押しつけた。

「これを持って、二人で国へ帰れ」

　児島は紙を開いて目を見張った。

「これは、加代の証文……。借財を肩がわりしてくださったのですか」

「いいや。加代さんの血染めの着物を持って置屋に行き、女将に見せた。大怪我をしたので芸者は続けられぬと告げたら、女将は証文を渡してくれたのだ」

「あの女将が素直に渡すとは思えません」

「言伝(ことづて)がある。おぬしと加代がいれば曲者が来るかもしれないから、置屋には二度と帰らないでほしいそうだ」

　加代が笑ったので、皆が注目する。

　胸の痛みに耐えながら笑う加代は、

「おかあはんらしい」

　そう言って涙を流した。

　泰徳が児島の左腕を引き、加代のそばに座らせた。

「晴れて自由の身になった加代さんを幸せにしてやれ。命の恩人を泣かせるな」

　児島は、悔しそうな顔をして右腕を見た。

「この腕では、幸せにできませぬ」

すると加代は、児島の動かぬ手をつかんだ。

「わたしは、一緒にいてくれるだけで幸せよ。二人で生きていきたい」

「加代……」

児島は、加代の頬に手を当てた。

「わかったから、もう泣くな。命の恩人を泣かせたら、岩城殿に叱られる」

加代は児島の腕を引いた。

仰向(あおむ)けに寝ている加代に身を寄せる児島を、雪松は嬉しそうに見ていたのだが、お滝が目を塞ぐものだから顔を背けた。

「母上、おやめください」

「おい、邪魔をするな」

泰徳が皆を部屋から追い出し、児島と加代を二人にしてやった。

岩倉が雪松の肩を抱いて自分たちの部屋に戻るのを見て、お滝が泰徳に言う。

「雪松が、昨日の橋で奥田様に似たお方を見たそうです」

泰徳は驚いた。

「それは間違いないのか」

お滝は申しわけなさそうに頭を下げた。

「わたしはそうとは知らずに、あとを追うあの子を止めてしまいました」

「知らなかったのだから気にするな。それに、本人と決まったわけではない」

「あの子は今度こそ間違いないと申しましたから、ご本人だったかもしれませぬ」

「よし、橋を渡った先をひと回りしてみよう。お前は休んでいなさい」

お滝を部屋に戻した泰徳は、一人で外に出た。

夕暮れ時の通りを橋に向かっていると、

「もし」

後ろから声をかけられ、泰徳は油断なく振り向いた。

編笠(あみがさ)を着けた侍が立ち止まり、顔を見せぬようにして問う。

「児島殿はご無事ですか」

敵か味方か。

読めぬ泰徳は警戒する。

「名乗らぬ者に答える義理はない」

「ごもっとも。ご無事と信じて、貴殿にお願いしたい」

侍は懐から一通の文(ふみ)を差し出した。

「これを、児島殿にお渡しくだされ」

泰徳は受け取らず、侍をじっと見据える。

「浅野家の旧臣とお見受けするが……」

すると侍は、編笠の端を持ち上げて顔を見せた。

意志の強そうな面構えの男は、泰徳が初めて見る者だ。

「何とぞ、頼まれていただきたい」

懇願された泰徳は受け取ったものの、相手の目を見て告げる。

「児島殿は、二度と刀がにぎれぬほどの深手を負われた。力にはなれぬぞ」

「さようですか」

男は悲しそうな顔で頭を下げ、立ち去ろうとする。

「待たれよ。わたしは、堀部安兵衛殿と奥田孫太夫殿にどうしても会わねばならぬ。居場所をご存じなら、会わせてもらえぬだろうか」

「それがしは存じませぬ」

「ならばせめて、岩城泰徳が話があるとお伝えくだされ。この旅籠で待っております」

「文を頼みます」

男は頭を下げ、足早に立ち去った。

泰徳は文を懐に入れて跡をつけたが、男は警戒しており、途中で見失ってしまった。雪松が奥田孫太夫らしき者を見ていたので、それも含めてしばらくあたりを捜したのだが見つけられず、あきらめて梅乃楽へ戻った。

文を読み終えた児島は、目に涙を浮かべて泰徳を見た。

「大石様からです」

驚いた泰徳は、確かめた。

「筆頭家老の、大石内蔵助殿か」

「はい」

共にいた岩倉が問う。

「仇討ちのことで何か指図されたのか」

「いえ。生まれ故郷に帰るよう命じられました」

児島は嗚咽したが、涙を拭い、大きな息を吐いて泰徳たちに顔を向けた。

「大石様の手の者が、それがしが襲われるところを見ていたようです。医者から怪我の具合を聞いたと書かれております」

これには岩倉が不快さを露わにした。

「見ていて助けぬとは、薄情な」

泰徳がなだめる。

「そうではあるまい。我らが先に動いたから手を出さなかったのだ」

「わたしはそうは思わぬ」

否定した岩倉が児島に言う。

「大石内蔵助殿ならば、堀部殿と奥田殿の居場所を知っているはずだ。どこにおられる」

児島は首を横に振った。

「まだ赤穂におられるものと思うておりました」

岩倉は渋い顔をする。

泰徳は、大石の底知れぬ力を見た気がして、岩倉を別室に促した。

黙って来た岩倉に、泰徳は言う。

「文を届けた者を思い返していたのだが、赤穂藩の者は離散せず、大石殿の支配下にあるような気がする」

岩倉は厳しい顔をした。

「仇討ちがあると言うのか」

泰徳はうなずく。

「安兵衛殿たちを見つけられぬのは、我らの動きが知られているからに違いない」

「だとすると、捜しても無駄だぞ。仇討ちがあるなら、浅野家の旧臣は姿を消すはずだ。江戸に戻るか」

「いや、大石殿が京で何をしようとしているのか、もう少し探ってみたい。そうすれば、安兵衛殿たちが現れてくれるかもしれぬ」

「よし、付き合おう」

笑みを浮かべる岩倉に、泰徳は真顔でうなずいた。


後日、桜田(さくらだ)の屋敷で泰徳の文を受け取った左近は、児島が加代と二人で国許(くにもと)へ帰ったことと、大石内蔵助が密かに動いていること、そして、安兵衛たちを見つけるのは難しいかもしれぬと書かれているのを読み終え、居室の濡(ぬ)れ縁(えん)に出た。

庭から現れた小五郎が片膝(かたひざ)をつく。

左近は、泰徳の文を渡した。

「安兵衛と孫太夫は、江戸におるような気がしてならぬ」

文に目を通した小五郎は、左近に返しながら告げる。

「お二人は殿の正体を知らぬはずですから、煮売り屋に現れるかもしれませぬ」

「そう期待したい。念のため、手の者に吉良屋敷の周辺を探らせてくれ」

「承知しました」

小五郎を下がらせた左近は、空を見上げた。

曇天（どんてん）を、つがいの燕（つばめ）が戯（たわむ）れながら飛んでいる。

第三話　揺れる心

一

昼からの寄り合いがようやく終わったお琴は、夜道を歩いて三島屋に帰っていた。

密かに守っていたかえでは、うつむいて歩くお琴が味噌屋の前に置いてある客寄せ用の大樽にぶつかったので慌てて駆け寄る。

「大丈夫ですか」

声をかけるとお琴は笑ったのだが、額を押さえて顔を歪めた。

かえでが腕を支える。

「いつも通っている道なのに、どうされたのですか」

お琴は眉尻を下げた。

「ごめんなさい。ちょっと考えごとをしていたのよ。権八さんが、頭をぶつけた時には星が見えるって言ってたけど、ほんとうね」

「笑いごとではありません。目まいはしませんか」

「もう大丈夫」

お琴は自分の足で歩いて店に帰った。

二十日ぶりに藩邸を出た左近は三島屋に来たのだが、お琴が額に晒を巻いているのを見てうろたえた。

「頭をどうしたのだ」

「昨日うっかりしていて、おでこを少しぶつけました」

「少しではあるまい」

左近はお琴の手を引いて座らせた。

「医者に診てもらったのか」

お琴は笑って首を横に振る。

「赤くなって恥ずかしいから、隠しているだけです」

「見せてみろ」

左近は晒を解いた。額は確かに擦り傷だけだったので、安堵の息を吐く。

晒を巻いてやろうとすると、隣の部屋で様子を見ていたおよねが入ってきた。

「左近様、あたしがやります」

「すまぬ」

「いいんですよ。おかみさん、左近様は晒をご覧になっただけで大慌てされるから、気をつけましょうね」

「はぁい」

申しわけなさそうに返事をするお琴の晒を巻き終えたおよねが、客が待っていると言う。

応じたお琴は、急いで店に戻った。

その背中を見送ったおよねが、あとに続かず左近の前ににじり寄り、小声で告げる。

「おかみさん、なんだか様子が変なんです」

「やはり医者に診てもらったほうがいい」

「慌てないでください。頭の打ちどころのことを言ってるんじゃないんです」

「どういうことだ」

「かえでさんから聞いたんですけど、何か考えごとをしながら歩いていたから、大きな味噌樽に気づかなかったようです。今朝もね、何を言ってもうわの空で、さっきは、お客さんに渡す品を間違えたんです。長年お手伝いしてますけど、仕事に身が入っていないおかみさんを初めて見ました」

およねと同様に心配した左近は、店で客の相手をするお琴を見守った。

それからは特に変わった様子もなく、外が暗くなるまで商売をしたお琴であるが、権八を交えた夕餉の場では、およねが言ったとおり、いつもと様子が違うように見えた。

口数が少ないお琴を見ていた権八が、左近を肘でつつく。

「喧嘩をしなすったので」

小声で言われて、左近がお琴を見た。

お琴は茶碗に向けた箸を止めて、じっと瓜の酢の物を見つめている。

酒を干した権八が杯を置き、酢の物の器に手を伸ばす。

「お琴ちゃん、そんなに瓜の酢の物が好きなら全部食っちまいなよ」

前に置かれて我に返ったお琴が、権八に顔を向けた。

「こんなに食べられないわよ」

笑うお琴だったが、権八はごまかされない。

「なんだか様子が変だぜ。心配ごとがあるなら、左近の旦那に言ったらどうだい」

お琴は首を横に振る。

「何もないわよ」

左近に酌をするお琴は、きっと何か隠している。

そのように思えた左近だが、お琴から言うのを待つことにした。

左近が視線を感じておよねを見ると、訊いてくださいよ、と声を出さずに促されたので、素直に応じる。

「ほんとうに、悩みはないのか」

お琴は微笑み、はいと答える。

左近はうなずき、およねを見た。だそうだ、という目顔を向けると、およねは手を胸や腹のあたりにやって何かを伝えようとしたが、左近には意味がわからず問う顔をする。

「およねさん、ほんとうに大丈夫だから」

察したお琴が言うと、およねは心配そうに問う。

「どこか身体の具合が悪いんじゃないですか？」

「どこも悪くないわよ。頭の痛みもなんともないから心配しないで。左近様と権八さんも」

　お琴はそう言うと手を合わせてご馳走様をして、茶碗を持って台所に向かった。

　三人は顔を見合わせ、権八が左近に言う。

「商売でも見たことがない作り笑顔ですよ」

「うむ。やはり変だな」

　すると、およねが小声で言う。

「おかみさんのことはまかせてください」

「頼む」

　夜が更けて寝床に入っても、お琴は店の帳簿をつけると言って左近のところへ来なかった。

　いつの間にか眠った左近が朝方に目をさますと、お琴は来た様子がない。

　帳場に行くと、お琴は仕事の途中で眠ってしまっていた。

　左近は肩に羽織をかけてやり、着替えをして桜田の屋敷に帰った。

二

　お琴は帳簿をつけながら、長いため息をついた。

「左近様に、申しわけないことをしたわ」

落ち込むお琴に、およねが言う。

「今日は問屋に品物を注文する日でしたから、しょうがないですよ。と言いたいところですが、帳簿は昼につけ終わってたはずじゃなかったんですか？」

「それが、うっかり忘れていたのよ」

「まあ珍しい。やっぱりおかみさん変ですよう。熱でもあるのかしら」

頬（ほお）や首筋に手を当てられて、お琴は微笑む。

「ないでしょう」

「ないですね。でも、品物の注文も終わりましたから、少し横になって休んでください。ほとんど眠っていないんですから」

そこへ、客が来た。

振り向いたおよねが、一人で来た男の客に愛想（あいそ）笑いをする。

「いらっしゃいませ」

男はなぜか申しわけなさそうな顔で頭を下げた。すると、お琴が応じて草履（ぞうり）をつっかけた。

「およねさん、あとを頼みます」

「え、お出かけですか？」

「ちょっと用事があるの。お願いね」

「はいはい、いってらっしゃい」

そう応じて送り出したおよねは、入れ替わりに来た常連の女を迎え入れた。

「いいのがあるかしら」

問われたおよねはうわの空だ。

「怪しい……」

言われた女がきょとんとした。

「何が怪しいの？」

およねは答えず外に出て、男と歩くお琴を追おうとしたのだが、すぐに立ち止まった。

「おかみさんに限って、他の男に懸想するはずがない」

自分に言い聞かせて、戻って客の相手をする。

「今日は何をお求めですか」

「毎日蒸し暑いから、涼しい色合いの手拭いがないかしら」

「いい時に来られました。朝入ったばかりのがありますよ」

品物の前に案内したものの、やっぱりお琴が気になったおよねは、常連の客に手を合わせた。

「ちょっと出てきますから、ゆっくり見ていてください」

「え？」

「ついでに店番も頼みます」

「ちょっとおよねさん？　およねさん！」

慌てる客を置いて出たおよねは、でっぷりとした身体でころころと走ってお琴を追いかける。

同い年か、少し年上と思しき男と肩を並べて歩いているお琴を見つけたおよねは、客に渡すはずだった新しい手拭いで頰被りをすると、こっそり跡をつける。

すると、お琴は男について建物に入っていった。

通りを歩いてきたおよねが見上げたのは、旅籠の看板だ。

「はちかいろう？　聞いたこともない名だね」

ぼそりとこぼしていたところへ、中から若い男女が出てきて、嬉しそうに話しながら帰っていく。

「ちょっと、こんなところでやめてよ」

男が女の尻を触ったのを見たおよねは、

「もう一回どこかで……なあいいだろう」

「もう、好きなんだから」

仲がいい男女の声を聞いて、また看板を見上げた。

「八回楼(はちかいろう)って……」

なんだか妙な気分になり、逃げるようにその場から離れた。


「うはは。こいつは笑える。八回楼ではちかい、やろう、ってか」

寝る前におよねから話を聞いた権八はそう言ったものの、急に笑みを消した。

「おれも知らない旅籠だが、お琴ちゃんはそこで、昼間からしっぽりと……」

およねは権八の頭をぺしりとたたいて否定する。

「おかみさんに限って、そんなことあるもんか！」

「でもよ、一刻（約二時間）で出てきたんだろう？」

「そうだよ」

「おめぇもよく見張ったもんだな」

「一旦お店に戻ったんだけどね。やっぱり心配で、また様子を見に行ったんだよ」

「名前からしていやらしい旅籠だからか」

「違うってば」

「いいや、怪しい。一刻といえば、男と女があれをするには、ちょうどいい頃合いじゃねえか」

およねは縫い物をしている針の先を向ける。

「それ以上言ったら、口を縫うよ！」

「おめえこそ疑って見張ってたんだろうがよ！」

およねは前を向いて縫い物に戻ろうとしたが、もう、と苛立ち、縫いかけを床に放り出して両手で顔を覆った。

恋女房の苦しむ姿を見たくない権八は、腕まくりをした。

「ようし、おれが真相を暴いてやる。明日から宇田川町の普請場にいるからよ、お琴ちゃんがまた出かけたら教えに来い」

「何をする気だよう」

「決まってらあな。あとから踏み込んで、もししっぽりやってたら、お琴ちゃんをたぶらかす野郎をぶん殴ってやる」

「そんなのだめだよ。危ないからやめとくれ」

「おりゃあ大工だ。腕っ節にゃあ自信がある」

「お前さんがよくても、おかみさんが傷つくような真似はしないでおくれ」

「じゃあどうしろってんだ」

「他に好いた男がいるのかどうかを確かめるだけでいいよう」

「それじゃあ、なんの解決にもならねえじゃねえか」

「お前さんの出る幕じゃないってことさ。もしほんとうに男女の仲なら、おかみさんには、あとでわたしが本音を訊くからさ。様子を探るだけにしておくれ」

「わかった。おめえの言うとおりにするから、出かけたら必ず教えろよ」

「うん」

およねは下を向いた。

心配のあまり元気がないおよねのそばに行った権八は、肩を抱き寄せる。

「大丈夫だ。きっと考えすぎだから、もう悩むな」

さんざん息巻いておきながら一転して態度を変える権八に、およねは微笑んでうなずいたものの、縫い物を続ける気にならないのか、もう寝ると言って横になった。

　およねは翌日からお琴の様子を探ったのだが、この日は何もなく終わった。

　そしてその翌日、前と同じ昼過ぎに、その男は店に来た。

　密かにお琴をつけたおよねは、旅籠に入るのを見届けて、権八を呼びに走った。

　屋根で仕事をしていた権八は、走ってくるおよねをいち早く見つけて弟子に仕事をまかせ、下で待ち構えた。およねの顔を見て、眉間に皺を寄せる。

「おい、ここだ」

　およねは目に涙を浮かべながら歩み寄る。

「やっぱりおかみさん変だよ。男が来たら、あたしには寄り合いに行くと言って出かけなすったんだけど、例の八回楼に入っちまったよう」

「おい泣くな。まだ間男をしていると決まったわけじゃない」

「だってさ、はちかいやろうだよ」

「悪い冗談を本気にするんじゃねえ！　おれが確かめるから案内しろ」

「わかった」

　およねは涙を拭い、急いで戻った。

　権八がついていくと、およねが旅籠を指差す。

　看板を見た権八は、目を見張った。

「馬鹿、看板の字をよく見ろ！　あれは八回じゃなくて、六回だ」

およねは目を皿のようにして驚いた。

「ほんとだ。字が薄くなっているからわからなかったよ」

「とんだ慌て者だな、おめえは」

「八回も六回もたいして差はないんだから、そんなに怒らなくてもいいじゃないのさ」

「大ありだ。それにな、ろっかいじゃなくて、むつみだ。むつみろう！」

「ああ紛(まぎ)らわしい。これだから漢字は苦手だよう」

「でも喜べ。ここなら簡単に探れる」

「え？」

「一年前に、雨漏りがする屋根と天井を直したんだ。おれにまかせて、おめえは店に帰ってろ」

「くれぐれも、部屋に押し入ったりしないでおくれよ」

「おう」

帰るおよねを見送った権八は、六回楼(むつみろう)の暖簾(のれん)を分けて中に入った。

「ごめんなさいよ。大工の権八です」

愛想笑いをする権八に、帳場にいた番頭が笑顔で応じる。

「棟梁、いらっしゃい」

「どうも、女将さんの具合はどうですか？」

「相変わらずだよ。今日は何かね？」

「先日大雨が降ったから、去年修理した屋根が気になりましてね。ちょいと確かめたいんですがよろしいですか」

「棟梁の腕だ、どうにもなっていやしないさ。でもそういう気遣いが嬉しいね。せっかくだから、他の場所も一緒に見てもらおうかね」

「ありがとうございやす。では見させていただきやす」

ぺこりと頭を下げた権八は、裏の井戸で足を洗い座敷に上がった。

待っていた番頭が微笑む。

「言うのを忘れてた。竹の間と杉の間はお客さんがいるから、前を歩く時は気をつけておくれよ」

「わかりやした」

修理をした客間は、番頭が言った二つの客間の奥にある。

廊下を進んだ権八は、まずは竹の間を探った。閉められている襖に近づいて耳をそばだてる。

女の客が二人いるらしく、お琴のものではない声が聞こえる。

亭主が商売の旅に出ているあいだに、仲がいい女同士でここの料理を食べに来たらしく、酒も入って、亭主の悪口で盛り上がっているようだ。

「いい気なもんだ」

声には出さぬが襖を睨んだ権八は、杉の間に行く。

だが、ここにいる客も違っていた。

「かかあの奴、見間違えやがったか？」

独りごちた権八は、修理をしたところを確かめに奥へ行き、十畳の客間に入った。

「雨漏りはなしだな」

天井板を指差して確かめ、ついでに他の客間も見てから裏に出た権八は、拝借した梯子を屋根にかけて上がり、まずは表側から、瓦が割れたり、ずれたところがないか確かめながら歩く。

続いて裏手を調べ、自分の仕事が完璧なのに満足して下りた。

梯子を戻して、番頭のところに行こうと裏庭を歩いていた時だ。

「権八さん？」

聞き間違えるはずもない声に権八が振り向くと、廊下にお琴が立っていた。

「いた！」

つい口走ってしまい、権八が慌てて口を塞ぐ。

「いたってどういうこと？」

驚くお琴に、権八はかぶりを振る。

「違うんだ。こんなところにお琴ちゃんがいると思わなかったからよう。つい出ちまった」

お琴は微笑む。

「権八さんこそ、何をしているの？」

「仕事だよ仕事。去年ここの屋根と天井の修理をしたからよ、一年経って悪いところが出ていないか確かめに来たのさ」

嘘ではないので堂々と答えた権八は、顔色をうかがう。

「お琴ちゃんこそ、何をしているんだい？」

お琴は表情を曇らせた。

「友人の見舞いに来ていたのよ」

権八は意外だった。

「ええ？　お琴ちゃん、ここの女将と友人だったのかい」

「そうよ。じゃあ急いでるから行くわね」

奥へ行くお琴を見送った権八は首をかしげた。六回楼の女将が体調を崩して寝込んでいるのを知っているだけに、

「頑固な婆さんと話が合うのかね」

ぼそりとこぼしたものの、

「お琴ちゃんなら、誰とでも仲よくなるか」

そう言って自分を納得させ、およねのところに帰った。


「怪しい」

権八から話を聞いたおよねが、ぽつりとつぶやいた。

三島屋の店先にいる権八は、眉間に皺を寄せる。

「どうして？」

「だってさ、おかみさんが六回楼の女将さんと親しいなんて聞いたことないもの」

「お琴ちゃんがおれに嘘を言うはずはない。きっとおめえが知らないところで仲

よくなったんだ」

そう言われたおよねは、自分が知らなかったことがなんだか寂しくなり、しゅんとする。

権八は笑った。

「間男したんじゃなくてよかったと思って、元気を出せよ。それじゃ、おれは仕事に戻るからな」

「あいよ。ありがとね、お前さん」

「いいってことよ」

権八は明るく仕事に戻っていくが、およねはというと、どうも気が晴れない。お琴の口数が少なく、悩みを抱えているように思えてならないからだ。

そこで、次は権八を頼らず自分で確かめようとこころに決め、品を選んでいる客の相手をしに戻った。

お琴は翌日も出かけた。

今日は男が迎えに来なかったが、旅籠のほうへ歩いていくのを確かめたおよねは、またもや常連の客に店番を頼んであとを追う。

案の定お琴は、六回楼に入った。

風になびく暖簾の隙間から中をのぞいたおよねは、旅籠の者に案内されるお琴に気づかれぬようにして中に入り、出てきた番頭に三島屋の者だと言って上がった。そして、お琴が座敷に入るのを見届け、意を決して足を進める。

廊下にいた仲居が驚き、慌てて近づいてきた。

「お客様、ここから先は……」

「いいからどいて」

強引に突き放して座敷の前に立ったおよねは、思い切って障子を開けたものの、他の男と抱き合っている姿を見るのが怖くて目をつむる。

中にいるはずのお琴が黙っているので、およねは恐る恐る目を開けた。すると、驚いた顔でお琴がこちらを見ていた。

およねは目を見張った。中にいたのは間男ではなく八歳くらいの娘で、お琴のそばにちょこんと座っていたからだ。

「見つかってしまったわね」

お琴が苦笑いで言うものだから、およねは動転した。

「左近様とのお子ですか！」

「いくらなんでも、そんなわけないでしょ。落ち着いてよく見て。何度か会ったことがあるでしょ、桜田屋の幸兵衛さんの孫のみさえちゃんよ」

笑うお琴に、およねは我に返った。

左近とお琴の子ではないとわかってがっかりしたものの、お琴の手をにぎってこちらを見ている可愛らしい娘に目尻を下げる。

「ちょっと見ないあいだにお姉さんぽくなって」

およねと会うのは久しぶりだからか、みさえは恥ずかしそうにしている。

お琴は仲居に娘を託して、およねを外に誘った。

およねが従って庭に出ると、お琴は座敷から離れた場所で立ち止まり、神妙な顔で告げる。

「およねさんわたし、あの子を養女にしようと思うの」

「へえ、そうですか」

すぐには理解できなかったおよねは仰天した。

「なんですって！」

「もう、大きな声を出さないで」

「でもおかみさん、養女って、あの養女でしょ。自分の子供にする」

「そうよ」

「どうしてです。みさえちゃんには母親がいるじゃないですか」

「わけがあるの」

「子供が欲しいなら左近様にお願いして……」

そこまで言ったおよねは、申しわけなさそうな顔をした。

「すみません。あたしったら、わけも聞かずつい」

「いいのよ。ただ、どうしても放っておけないの。詳しいことは今夜話すわね」

「左近様はご存じなんですか」

お琴は首を横に振った。

「まだ悩んでいるから、言えてないわ」

「一人で悩まないでください」

「うん。およねさんにだけ、今夜ゆっくり話すから」

およねは探るような顔をした。

「ほんとうは、もう決めてるんじゃないんですか」

「とにかく今夜話すから、今は帰ってちょうだい」

ここでは言いたくなさそうなお琴に、およねは従った。

「わかりました」

少し不満げな顔を見せながらも、およねは素直に三島屋に帰っていった。

三

同じ日の夕方。

溜まっていた書類の処理をすべて終わらせた左近は、明日の朝まで空いた時間を使ってお琴に会いに屋敷を出た。先日の様子がずっと気になっていたため、寄り道をせず三島屋に急いだのだ。

いつものように裏から入ると、居間にいたおよねが慌てて立ち上がった。

左近は思わず笑う。

「驚かせてすまぬ」

およねは落ち着かない様子で縁側に出てきた。

「今日は、泊まられますか」

「そのつもりだ」

困った顔をするおよねに、左近は不思議に思いながら訊く。

「都合が悪そうだが、お琴は寄り合いなのか」

「いえ、そうではないのですが……」

左近は家の中に目を走らせた。

「姿が見えないようだが」

「もうすぐ帰ってらっしゃると思います」

作ったような笑いがいかにも怪しいが、左近はそれ以上は訊かず、小五郎の店に行くと言ってきびすを返した。

煮売り屋に入ると、かえでが客に気づかれぬよう小さく会釈(えしゃく)をして奥へ誘う。

いつもの床几(しょうぎ)に腰かけた左近は、板場にいる小五郎が頭を下げるのに応じて、そばに来たかえでに顔を向けた。

「隣に変わったことはないか」

「はい。ございません」

およねの態度が気になっていた左近だが、かえでがお琴についていっていないということは、さして案じることもないのだろうと思うことにした。

「そうか。茶を一杯もらおう」

左近の様子を見ていた小五郎が、かえでと目を見合わせている。

「お気になられることがございますか」

問うかえでに、左近は微笑んで首を横に振る。

　茶を飲みながら、客たちがする世間話に耳を傾けていた左近は、前はよく耳にした赤穂の噂話が聞こえぬ気がして、小五郎に問う。

　すると小五郎は、近頃はまったく聞かなくなったと告げた。

　江戸市中を震撼させた大事件も、時の流れによって人々の記憶から薄れていく。

　毎日何かが起きるお江戸の民が今関心を寄せているのは、世の中の景気の悪さについてだ。

　左近が学問を学ぶ新井白石が案じていたように、去年の冬に金と銀の交換比率を変えられたのが影響しているらしい。

　酒に酔った客が、煮物を出した小五郎をつかまえて、諸色の値上げが続く中で値を据え置きにしてくれている大将は、おれたち庶民の味方だなどと言い、ぐい呑みを渡して一杯飲ませている。

　客たちの声から、物が高くなったせいで、これまでのように食べ物が買えなくなった庶民たちに救済の手を伸ばすことなく、神社仏閣の建立に大金を注ぎ込む公儀に対する世間の鬱憤もあるような気がした左近は、お琴の店に来る時に見かけた親子のことを思い出していた。

幼い娘がまんじゅう屋の前に立って指をくわえていても、母親が今は買えないと言って手を引き、わずかな菜物を持って帰っていったのだ。

小判改鋳の混乱はようやく収まってきたが、改鋳によって得た莫大な資金を公儀が民のために使うのを願うことしかできない己の今の立場にもどかしさを感じつつ、左近はため息をついた。

そんな左近の心情を察してか、かえでが酒を持ってきた。

苦笑いでぐい呑みを手にした左近は、ちろり酒で鬱憤を流す。

暗くなるまで過ごした左近がお琴の家に戻ってみると、お琴はまだ帰っていなかった。

留守番をしていたおよねは、相変わらず落ち着かぬ様子。

心配になった左近がどこに出かけたのか教えてくれと言うと、およねはためらいながらも口を開く。

「おかみさんは、六回楼という旅籠にいらっしゃいます」

「寄り合いなのか」

「だと思います」

およねの目が泳いだのが気になった左近は、改めて訊く。

「お琴は悩みを抱えているようだったが、今日のことと関わりがあるのか」

「いえ、どうでしょう、どうかな……」

およねらしくもない歯切れの悪い物言いに、左近は不安が募る。

「およね、何か知っているなら教えてくれ」

うつむいていたおよねは見開いた目を向けたが、すぐに目を伏せ、戸惑いがちに言う。

「もしも、もしもですよ……」

その先をなかなか言わぬため、左近が黙って続きの言葉を待っていると、およねは迷った末に、ようやく重い口を開いた。

「おかみさんが、その、子供を……」

行灯の油が切れて火が消えるように言葉尻を小さくされて、左近は問い返す。

「子供がどうしたのだ。まさか！」

左近はお琴が身ごもったと思い喜んだ。

「いつ生まれる！」

「えっ？」

驚いたのはおよねだ。

左近は思わずおよねの両肩をつかんだ。

「お琴が身ごもったのであろう。いつ生まれるのだ」

これまで見たこともない左近の慌てぶりと嬉しそうな様子に、およねはいきなり顔を歪めて泣き出してしまった。

子供のように声をあげながら泣くおよねに左近が困っていると、

「どうした！」

権八が慌てた様子で裏庭を走ってきた。

その場にへたり込んで泣きじゃくるおよねに驚いた権八が、左近に顔を向ける。

「左近の旦那、いったいどうしたっていうんです」

「おれにもわからぬ。およね、お琴が身ごもったのではないのか？」

それを聞いて、権八はあっと声をあげた。

権八は権八で、お琴が間男との子を身ごもったと勘違いしたのだ。

確かめようと女房に歩み寄ったところへお琴が帰ってきたものだから、権八は頭を抱えてしゃがみ込んだ。

およねが泣いているのでお琴は驚き、廊下に出てきた。

「何があったの？」

左近は、面と向かって身ごもったのか訊けず、困り顔をする。

権八は権八で、なんとも言えない顔をして黙っている。

お琴に背中をさすられてようやく落ち着いたおよねが、左近に頭を下げた。

「喜ぶ左近様を見ていると、胸が詰まってしまったんです。ごめんなさい」

「いったいどうしたのだ。正直に話してくれ」

左近が心配すると、およねはお琴を見る。

察したお琴が、左近に告げた。

「わたしが、養女を取ろうと思っていると言ったからです」

思わぬ話を耳にし、左近は驚いた。だが、決して顔には出さずに微笑む。

「もう、決めたのか」

「いえ。まだ迷っています」

「そうか」

左近は座敷に上がり、お琴に座るよう促して向き合った。

「どうして養女を取ろうと思ったのか、教えてくれぬか」

お琴はうなずき、これまでのことを話した。

それによると、お琴は先日の寄り合いの席で、増上寺（ぞうじょうじ）の門前で呉服屋を営んでいる桜田屋のあるじ幸兵衛から話を持ちかけられたのだという。

幸兵衛の娘おかえは、お琴とは親しい仲。

おかえは四谷の呉服問屋の千代田屋に嫁いでいたのだが、実家に帰った時は三島屋によく遊びに来ていたのだという。そして半年前、夫が胸の病でこの世を去ってしまい、次男の丹左衛門が店を継ぐことになり、おかえは娘を連れて出戻っていた。

ところがおかえは、夫を喪った悲しみで食事が喉を通らず、日に日に痩せていったのだが、ひと月前に、血を吐いて倒れていた。

夫を献身的に看病したせいで、胸の病がうつっていたのだ。

医者は、長く見積もったとしても、おそらく年は越せないだろうと言ったらしい。

それほどに、身体が弱っているのだ。

去年女房を亡くしている幸兵衛は、年を取ってから授かったおかえ可愛さに、小さな店を継がせる気はなく老舗の大店に嫁に出したのだが、このようなことになるとは露ほども思っていなかった。

六十を過ぎた男やもめで、医者から脈がよくないと言われているため、孫娘のみさえが大人になるまで育てる自信がなく、独り身を通しているお琴に養子の話を持ちかけていたのだ。

話を聞いた左近は問う。

「母親は、納得しているのか」

お琴はうなずいた。

「先ほど見舞った際に、改めて言われました」

左近は、四谷の弟は引き取らないのかと疑問に思ったが、頼まれたお琴が人に押しつけるようなことを言う者ではないだけに、あえて問わなかった。苦渋(くじゅう)の決断をしなければならぬ幸兵衛とおかえの気持ちを想うと、胸が痛む。

「気の毒だな」

「ほんとうに」

お琴のそばにいたおよねがそう言って、涙を拭う。

そんな中、お琴の後ろに座っている権八は、じっと左近を見ている。

権八と目が合った左近は、どうするんですか、という顔をされて、お琴に向く。

「お琴が娘を引き取りたいと思うなら、おれは反対はしない。むしろ、三島屋の将来にとってはよいことではないか」

権八は自分が思っていた答えとは違ったのだろう。お琴に見えぬよう手を横に振り、それを言ったらだめですよ、と声を出さずに口を動かした。

およねがそんな権八の背中をたたき、黙っていろと、唇に指を当てる。

お琴は左近に微笑んだ。

「迷いが吹っ切れました。明日にでもお受けすると言って、幸兵衛さんとおかえちゃんを安心させてあげます」

左近は微笑み、うなずいた。

「おれも力になる」

お琴は笑顔で応じて、そっと涙を拭った。

病の床に臥している友を案じているのだと思った左近は、一晩お琴に寄り添い、翌朝は藩政のため屋敷に戻った。

八歳の女の子を引き取ることを告げに行くお琴を心配しながら、拝謁を願う国家老を迎えるため身支度にかかった。

今日より国家老と話し合うのは、川堤の大規模な普請についてのため、いなといわけにはいかないのだ。

甲府徳川家の重臣たちが集っての合議は、三日目にようやくめどが立った。

普請を進めるため休む間もなく国許へ帰る重臣たちのあいさつを受けた左近は、民が水害に苦しまぬよう早急に完成させよと厳命して送り出した。

居室に戻った左近の前に来た又兵衛が、疲れた顔で座しながら言う。

「殿、三日間ろくに眠っておられないのですから、ゆっくりお休みくだされ」

「さすがに疲れたが、これから国に戻る者たちを思うと頭が下がる」

「殿の家臣団は皆優秀ですから、甲府の者たちは幸せにございます。国家老が、江戸の物の高さに驚いておりました」

「うむ。それは余も気になっておるが、来年には落ち着くだろう」

「殿がおっしゃるなら信じて待ちましょう」

「前向きに考えて申しただけだ」

左近が根拠はないと言うと、又兵衛はため息をついた。

「ご公儀の文句は言いとうないですが、今のところ、手を打つ気配がありませぬな」

「天井知らずではないはずだ。買い控えが起これば物が余り、値も下がってこよう」

「はい」

「二日ぶりに汗を流してくる」

「はは、ごゆっくりどうぞ」

左近が風呂を使いに奥御殿に戻ると、侍女のおこんが座敷に来て頭を下げた。

左近が微笑む。

「よいところに来た。汗を流したいゆえ支度を頼む」

「それどころではありませぬ」

眉間に皺を寄せたおこんに詰め寄られて、左近はのけ反った。

「怖い顔をして、いかがした」

「ほんとうに、おかみさんが養女をもらってもよろしいのですか」

そういえば、おこんは昨日一日実家に帰っていた。

「三島屋に行ったのか」

「はい。おかみさんがお留守だったから残念に思っていたら、およねさんが教えてくださいました」

「どのような様子だった」

おこんは左近の目を見つめる。

「およねさんですか？　それともおかみさんのことですか？」

「両方だ」

「おかみさんは毎日のようにお見舞いに行ってらっしゃるそうです。およねさんは、殿のことを心配しておられました。養女を迎えたら、遠慮して来られないのではないかと案じておられます」

「そうか」

おこんがまた顔を寄せるので、左近はふたたびのけ反る。

「ほんとうに、よろしいのですか」

じっと見つめられて、左近はうなずく。

「お琴が望むなら、それでよい」

「そうですか」

離れたおこんは下を向いた。

「湯殿(ゆどの)の支度をしてまいります」

鼻息荒く不機嫌そうに座敷を出ていくおこんを見送った左近は、ふっと笑みをこぼした。

どうしてお琴が養女を迎えることに腹が立つのか自分でもわからないおこん

は、左近に八つ当たりしてしまったと反省し、ため息をついた。

　そこへ仲のよい侍女の真衣が来て腕に抱きつき、廊下を歩きながら言う。

「聞いたわよ。養子とはどういうことなの？」

　おこんは湯殿の支度をしながら、およねから聞いたままを教えた。

　すると真衣は、母親が気の毒だと言うものの、こう続ける。

「胸の病が治れば、ご養女の話はなくなるんじゃないの？」

　おこんは湯加減を見つつ、不機嫌に応じる。

「それができたら誰も困らないわよ」

　すると真衣がまたおこんの腕を引いて、探るような目つきで笑みを浮かべた。

「お琴様がご養女をお取りになれば、殿はあまり足をお運びにならなくなるかもしれないから、おこんちゃんにとってはいいことじゃないの」

　肘でつつかれて、おこんは拳を振り上げた。

「怒るわよ」

　首をすくめた真衣は続ける。

「お琴様がお望みなのだからいいじゃないの。自分の気持ちに正直になりなさいよ」

焚きつけるものだから、おこんは本気でたたこうとするが、逃げられてしまう。

「ちょっと待ちなさい」

廊下に追って出たところ、目の前に真衣の背中があったのでぶつかった。

真衣の前には、二人の躾役の皐月が立っていた。

「何を騒いでおるのです。はしたない」

叱られた二人は、揃って頭を下げた。

「真衣は行きなさい」

「はい」

真衣はおこんを見ず、手をぎゅっとにぎって離れていった。

厳しい顔を向けられたおこんは、小さくなってお叱りを待った。

すると皐月は、おこんの手を引いて脱衣場に入り、戸を閉めて向き合う。

「真衣が話したことは、まんざら嘘ではないでしょう。くれぐれも、殿のお気持ちを逆なでするような真似はせぬように」

思わぬ言葉に、おこんは慌てた。

「わたしは、そういう目で見られているのですか。殿をお慕いしていると思われているのですか」

すると皐月は、真顔で見つめてきた。

「自分の胸に手を当ててみなさい」

そう言って去っていく皐月に何も言い返せないおこんは、頬に手を当てた。

「わたし、そんな顔をしているのかしら」

まだ己の気持ちに気づいていないおこんは、ひどく動揺した。

四

朝から降っていた雨がようやくやみ、桜田屋の臥所に西日が差し込みはじめた。

咳が止まり、浅い眠りに就いている娘の寝顔を見ていた幸兵衛のところに、手代の誠二が戻ってきた。

幸兵衛は立ち上がり、娘を起こさぬよう臥所の外に促す。

閉めている店の帳場まで出て、二人で膝を突き合わせて座した。

「みさえはいい子にしているか」

問う幸兵衛に、誠二は真顔で応じる。

「今夜もお琴さんが泊まってくださると聞いて、みさえお嬢様は喜ばれました」

「それはよかった。お琴さんに引き取ってもらえば、みさえは幸せになれるだろう。お前にも苦労をかけるが、よろしく頼む」

「そんな水臭い。旦那様、どうか顔をお上げください」

幸兵衛は頭を下げたまま、肩を震わせている。

誠二は背中をさすった。

「旦那様、みさえお嬢様を養女に出すのをやめられたらいかがですか。わたしと二人でお育てしましょう」

幸兵衛は涙を拭い顔を上げた。

「違うんだ。今日医者が来て、おかえの胸の音が悪くなっているから、秋まで持たないかもしれないと言われてしまったんだ」

「そんな……」

「これも寿命だからと腹をくくっているが、可愛い娘を残して逝かなきゃならないおかえの気持ちを想うと、辛くてね……」

誠二は悲痛な面持ちで横を向き、歯を食いしばっている。

幸兵衛は誠二の肩をつかんだ。

「お前の気持ちはありがたい。でもね、この店はお前に譲ると決めたんだ。こんな老いぼれと孫娘がこの肩に乗っかったら、お前の人生が台無しになる。これまでわたしに尽くしてくれたのだから、店を継いだら嫁をもらって、幸せになっておくれ」

「お言葉を返すようで恐縮ですが旦那様、それはお琴さんも一緒ではないですか。いくら仲がいいおかえお嬢様の娘だとはいえ赤の他人なのですから。それに、悩まれていたようですし」

「それが違うんだよ誠二。お琴さんが悩んだのは、好いた人がいるからだ」

「その人と、夫婦になるのでは」

「いや。詳しくは知らないが、一緒にはなれない相手だそうだ。そのお方が背中を押してくれたから、おかえの望みを受けてくれた。みさえも、お琴さんが新しい母親になってくれたほうが幸せになれる」

「さようですか」

「ありがとう。きっとすべてうまくいく。これが一番いいんだから、お前は自分のことだけを考えなさい」

穏やかな顔で告げる幸兵衛に、誠二は平伏(へいふく)した。

「では旦那様だけでも、お残りください」

「誠二、箱根(はこね)で余生を過ごそうとする年寄りの楽しみを奪うな」

「嘘を言わないでください。一人が楽しいはずないじゃないですか。ここにいて、みさえお嬢様を見守ってあげてください」

「もう決めたことだ。それ以上は言うな。わたしはおかえのそばに戻るから、飯の支度を頼む」

幸兵衛が立とうとした時、店の戸をたたく者がいた。

誠二が応じる。

「すみませんね。今日はお休みをいただいております」

「千代田屋の丹左衛門です」

幸兵衛は舌打ちをした。

「どうせろくなことじゃない。帰ってもらえ」

誠二がうなずいて、戸口まで行く。

「あいすみません。今日のところはお引き取りください」

「お義姉さんのお見舞いに来たのだから開けてちょうだい」

内儀のお杉の声に返事をしかねた誠二は、ふたたび幸兵衛にうかがいを立てた。

顔をしかめた幸兵衛が、ため息をつく。

「開けてやれ」

誠二が心張り棒を取って潜り戸に手をかける。少し開けたところで外から手をかけられ、荒々しく引き開けながら丹左衛門が入ってきた。

お杉が続いて入り、人を馬鹿にしたような顔を幸兵衛に向け、しなりと膝を曲げて小さく顎を引く。

「お久しぶりですね。お義姉さんの具合があまりよろしくないと聞いたもので、急いで来ました」

幸兵衛が不機嫌に応じる。

「今ようやく寝たばかりだから、顔を見るのは遠慮してくれ」

「ご心配なく。うつるといけないからここで結構です」

手拭いを口と鼻に押し当てたお杉が、店の中を見回す。

丹左衛門が苦笑いを浮かべて幸兵衛に頭を下げ、袱紗包みを差し出した。

「これは、お見舞いです」

幸兵衛は押し返した。

「快気祝いは望めそうにないから、どなた様からも受け取らないことにしている」

「そうおっしゃらずに。身内ではないですか」

眉尻を下げて渡そうとする丹左衛門を、幸兵衛は睨んだ。

「追い出しておいて、何が身内だ」

「そのことで今日は来たのです」

「今さら後悔しても遅い。帰ってくれ」

口ごもる丹左衛門にかわってお杉が切り出す。

「そうはいきません。小耳に挟んだのですが、みさえを養子に出すそうじゃないですか」

「誰から聞いた」

「この町の者からに決まっているでしょう」

「探っていたのか」

「失礼な。わたしたちを冷たい人間だと思っているようですけど、二人のその後を心配していたんです。丹左衛門にとってみさえは大事な姪ですから、他人様に養子にくれてやるくらいなら、うちで引き取ります」

「断る」

「子供を他人様にやるような者に拒む筋合いはありません。丹左衛門は叔父ですから、連れて帰ります」

幸兵衛は不機嫌極まりない顔で睨んだが、お杉はまったく動じない。

丹左衛門が誠二に言う。

「みさえを連れてきなさい」

誠二は困った顔を幸兵衛に向けた。

幸兵衛が言う。

「みさえはここにはおらん」

お杉が目を見張った。

「まさか、まだお義姉さんが生きているというのに、もう人にやったのですか」

睨んだまま何も答えない幸兵衛にかわって、誠二が口を開く。

「お嬢様は、病がうつるといけないから旅籠で寝泊まりされています」

「まあ！　あんなに寂しがり屋の子を一人でいさせるなんて、どこまで薄情なんですか。信じられない」

「うるさい！　娘から身代（しんだい）を奪って追い出した奴らがとやかく言うな！　帰れ！」

「人聞きの悪いことを……」

「黙れ女狐（めぎつね）め！」

幸兵衛の怒鳴り声にも動じぬお杉は、薄笑いを浮かべながら言う。

「今日は帰りますが、このまま引き下がりませんからね。みさえは必ず引き取りますから、そのつもりで」

「まだ言うか！」

幸兵衛は立ち上がったが、胸をわしづかみにして顔を歪めた。

誠二が慌てて駆け寄る。

痛みはすぐに治まったようだが、誠二は離さない。

「旦那様、医者から怒るなと言われているのですから、落ち着いてください」

背中をさすられる幸兵衛を馬鹿にした顔で見たお杉が、また来ると言って出ていった。

丹左衛門が続いて出た後ろの戸に、物が当たって割れる音がした。幸兵衛が空の湯呑みを投げつけたのだ。

「誠二、塩だ。塩をまけ」

はいと応じた誠二が壺を持って表に出ると、駕籠に乗っていたお杉が言う。

「みさえは誰にも渡しませんよ。老い先短い者につくより、こちら側についたほうがお前さんのためだと思いますよ。よくお考えなさい」

丹左衛門が出すよう命じて、自前の駕籠で帰っていく姿を見ていた誠二は、ため息をついて塩をまいた。

五

翌日、旅籠で誠二から話を聞いたお琴は、残念に思いながらも、真剣な顔で告げる。

「追い出したくらいだからそんな話になると思っていなくて、みさえちゃんを引き取る気になったのよ。でもやっぱり、血が繋がった叔父が放ってはおかなかったわね。可愛がってもらえるのではないですか」

誠二は暗い顔をする。

「そうは思えないのです」

「どうしてかしら」

「弟さんは、亡くなったお兄さんに似て優しいところもあると思うのですが、女房がいけません。底意地が悪いお人で、おかえお嬢様から千代田屋を取り上げたのは、女房が強く望んだからだと聞いております」

お琴は不安になった。意地の悪い叔母が、みさえを我が子同然に可愛がるだろうかと疑問に思ったからだ。

「幸兵衛さんは、なんとおっしゃっているの」

「おかえお嬢様と共に、お琴さんにお頼みしたいと望んでおられます。ですが、今朝また丹左衛門さんが来られて、兄の娘を引き取るのは当然だとおっしゃって、旅籠に預けるくらいなら、明日にでも迎えに来ると言われたのです」

右手の襖が開き、隣の部屋にいたみさえが出てきた。今にも泣きだしそうな顔をしている。

「叔父さんと叔母さんのところには行きたくない」

「おいで」

お琴が手を差し出すと、みさえはしがみついた。

「おっかさんに会いたい。会いたいよう」

声をあげて泣くみさえを抱きしめたお琴は、背中をさすりながら誠二に言う。

「おかえさんがいる臥所の庭から、顔を見せてやることはできないかしら」

目に涙を溜めていた誠二は、洟（はな）をすすって応（こた）える。

「旦那様がなんとおっしゃるか」

「行ってみましょうよ。このままだと、みさえちゃんが可哀そうだわ」

「わかりました」

先に立つ誠二に続いたお琴は、みさえの手を引いて桜田屋に向かった。

誠二から話を聞いた幸兵衛が、お琴とみさえを中に入れて言う。

「みさえ、おっかさんは今朝から調子がいいから、顔を見せてやりなさい。ただし、病がうつるといけないから遠くからだよ。約束できるかい」

「はい」

「いい子だ。さ、来なさい」

祖父の手をにぎってついていくみさえに、お琴も続く。

石灯籠と花芽をつけた紫陽花がある小さな中庭を挟んだ廊下にみさえを立たせた幸兵衛は、おかえの臥所に行って声をかけ、障子を開けた。

久しぶりに我が子の顔を見たおかえは、幸兵衛の手を借りて座り、優しい顔で微笑む。

みさえは母のところに行こうとしたが、おかえが止めた。

「みさえ、いけません。病がうつるからそこにいなさい」

「おっかさん……」

みさえは泣いたが、おかえは決して涙を見せず、気丈に告げる。

「おっかさんがいなくなっても、お琴さんを母親だと思って、言うことをよく聞くのですよ」

「どこにも行っちゃやだ。やだよう」

母に近づけず、立って泣くみさえにお琴がそっと寄り添う。

おかえはお琴に微笑み、うなずいた。そして、みさえに言う。

「よく聞いてみさえ。お前が泣いたらおっかさん悲しいから、もう泣かないでおくれ」

するとみさえは、あふれる涙を拭った。

「いい子ね」

おかえがにこりとすると、みさえも応じて笑顔になった。

「やっぱりおっかさん、お前が笑っている顔が一番好きよ」

「うん。もう泣かないから、早く元気になって迎えに来て」

おかえは笑顔でうなずく。

「おっかさんは休むから、もうお帰り」

みさえは寂しそうな顔をしたが、母を困らせてはいけないと思ったらしく、素直に応じた。

お琴が手を引いて行こうとすると、おかえが呼び止めた。

「お琴ちゃん」

顔を見たお琴は、みさえを誠二に託してその場に残った。

おかえはみさえの姿が見えなくなると、気を失うように力が抜け、幸兵衛に支えられた。

「おかえちゃん」

お琴が行こうとすると、幸兵衛が止める。

おかえは目を開け、お琴に手を合わせた。

「あの子を、お願いします」

お琴は友の手をにぎってやれぬ苦しさに胸を詰まらせながらも、その場に正座して念を押した。

「ほんとうに、わたしでいいの」

「お琴ちゃんじゃなきゃいやなの。わたしのわがままを、許して」

お琴は首を横に振った。

「きっと立派に育てるから、安心して」

「うん」

おかえは涙をこぼした。

「おかえちゃん。また連れてくるから、ゆっくり養生(ようじょう)して待っててね」

おかえはうなずき、微笑んだ。

みさえを旅籠に連れて帰ったお琴は、普段は聞き分けがよく、一人で旅籠に泊まっていたみさえが今日はやけに寂しがるため、予定を変更して泊まり、一緒に眠った。

おかえが息を引き取ったと知らせが来たのは、朝方だった。落ち着いていたはずなのに、夜中に急変したのだ。

泣きながら告げる誠二の背中をさすってやったお琴は、覚悟を決めて部屋に戻り、まだ眠っていたみさえを起こした。

母の死を知ったみさえは、実感がないのか呆然としている。

涙を見せてはいけないと自分に言い聞かせたお琴は、みさえに着替えをさせ、母のもとへ連れて帰った。

布団で眠っているようなおかえのそばに座らせてやると、みさえはじっと母の顔を見て、何も言わず、おかえの寝間着の袖をつまんで指を動かしている。泣きはしないが、誰が何を言っても一日中離れようとせず、食事も口にしない。

夜になり、見かねたお琴がそっと肩を抱いた。

「おっかさんとの約束を守っているのね。でも、今は泣いていいのよ」

みさえは首を横に振った。

「何か食べましょう。さ、おいで」

連れていこうとしたが、みさえは動こうとしない。夜が更けると、おかえのそばで横になって眠った。

幸兵衛が誠二に、布団に寝させるよう告げたが、お琴が止めた。

「今夜だけ、このままにしてあげましょう」

お琴はおかえの着物を出してもらい、夜着がわりにみさえにかけてやると、そばに寄り添った。

おっかさん、と寝言を言うみさえの目から涙がこぼれた。

幸兵衛は裏庭に出ていき、しばらくして、目を真っ赤にして戻ってきた。

大人三人でみさえを見守り、物言わぬおかえに語りかけ、在りし日を偲んだ。

それからもみさえについていたお琴は、葬式の日も、小さな身体を支えていた。

母を埋葬する段になって、みさえは棺桶にしがみついて泣いた。

「どこにも行っちゃやだ。いやだよう」

その姿は参列者の涙を誘ったが、幸兵衛が気丈にみさえを離して言い聞かせた。

「おっかさんはどこにも行きやしない。ちゃんと、空からお前を見ているんだ。

だから、泣いたらいけないよ」

それでも涙が止まらないみさえは、棺桶にしがみつこうとする。

幸兵衛がつかまえて離し、そのあいだに町の衆が棺桶を穴に下ろした。

「おっかさん！」

叫ぶみさえは、棺桶に土が落とされるのを見て気を失ってしまった。

これを見逃さなかったのが、丹左衛門夫婦だ。

「言わんこっちゃない。可哀そうに」

丹左衛門が言うと、お杉が幸兵衛に厳しい顔を向ける。

「今から連れて帰ります。いいですね」

「黙れ！」

怒鳴った幸兵衛は、胸を押さえて苦しんだ。

「旦那様！」

誠二に支えられた幸兵衛は、お杉を指差して何か言おうとするが、声にならない。

みさえを腕に抱いていたお琴のところに来た丹左衛門が、手を差し出す。

「さ、渡しなさい」

「できません。この子を預かると、おかえさんと約束したのです」

「馬鹿を言っちゃいけない。叔父として、養子など認めない」

みさえの腕をつかもうとしたが、お琴は避けた。

「遺言ですよ」

そう反論すると、お杉がしゃしゃり出てきた。

「遺言状を見せなさいよ」

書状として受け取ってはいないため、お琴は何も言えなくなった。

勝ち誇った顔をしたお杉が、鼻で笑う。

「どうせそんなことだろうと思った。この子はわたしたちが連れて帰ります。お前さん」

応じた丹左衛門が手代たちを呼び、お琴から無理やりみさえを離す。

目をさまさないみさえは、手代に抱かれて連れ出された。

「何をするか」

幸兵衛がやっと声を出すと、お杉が見くだした顔を向ける。

「みさえはわたしたちが可愛がって育てますから、どうぞご安心を。もう会うこともないでしょうから、孫娘のことは忘れて、せいぜい長生きをすることね」

高笑いしながら帰っていくお杉に、幸兵衛は何もできなかった。

「お琴ちゃん、すまない」

頭を下げられて、お琴は慌てて手を差し伸べる。

「やめてください。それよりみさえちゃんが心配です。大丈夫でしょうか」

誠二が続く。

「お琴さんがおっしゃるとおりです。お二人を追い出したお杉が、今さらみさえお嬢様を可愛がるでしょうか」

幸兵衛は、おかえの墓前で両手をついてうな垂れた。

「役所に訴えて争ったところで、わたしのような老いぼれが勝てるわけはない。おかえ、すまない」

詫びて泣く幸兵衛の身体を心配したお琴は、町の衆にお願いして墓標を立ててもらい、誠二と協力して家に連れて帰った。

六

いっぽう、無理やり千代田屋に連れてこられたみさえは、しばらく泣いて過ごし、泣き疲れてようやく眠った。

「ああ、やっと静かになったわね」

面倒くさそうに吐き捨てたお杉は、手代に見張りを命じて部屋に戻ると、熱燗で喉を潤した。

丹左衛門が酌をしながら、顔色をうかがう。

「これからどうする」

「お前さんは何も心配しなくていいのよ。わたしが万事うまくやるから」

「でもまだ八歳だぞ」

「八歳だからいいのよ。お前さんが一番よく知ってるでしょ。毎晩のように通ってるんだから」

丹左衛門は背中を丸めて、申しわけなさそうにする。

「わたしを蔑んでくれた義兄さんの血を引くみさえが片づけば、せいせいするわ」

丹左衛門はうつむいた。

お杉が兄を恨むのは、お杉の性根の悪さを見抜いた兄が、千代田屋への出入りを禁じていたからだ。

暖簾分けしてもらった店がうまくいかず援助を求めた時も、兄はお杉との離縁を条件に出した。そのことをお杉が知ってしまったのも、根深い恨みに繋がっているのだ。

兄が死病にかかった時はざまあみろと言い、店を手に入れる日を待ちわびていた。そして、おかえ親子を追い出した日は酒宴を開き、おかえが死病に臥したと聞いた時は手をたたいて喜び、この世を去るのを手ぐすね引いて待っていたのだ。

「すべて手はずは整っているから、お前さんは何も心配しなくていいの。商いのことだけを考えていなさいな」

自分の女房ながら、お杉という女が恐ろしくなった丹左衛門は、怒らせないよう言われるとおりにした。

みさえは目をさませば泣きどおしのまま二日が過ぎ、その時がやってきた。

朝から機嫌がいいお杉は、自らみさえをなだめすかして機嫌を取りにかかった。

「ほらもう泣かないの。せっかくの可愛いお顔が台無しじゃないの。そんな顔をしていたら、おっかさんが極楽に行けないわよ」

母の言葉を思い出したみさえは、泣くのを我慢して涙を拭った。

「いい子ねぇ。そうでなきゃ」

お杉は髪を梳いてやり、湯で濡らした手拭いで顔をきれいに拭いてやると、薄化粧まで施した。

「ほら、見違えたわよ」

鏡を見せられたみさえは、これが自分なのかと驚いた。

「いい顔をしてる」

お杉に言われて、みさえは首を横に振る。

「さ、次は着替えましょう。お前のために新調したのよ」

真っ赤な着物を見せられて、みさえはためらいがちに口を開く。

「おっかさんの初七日が終わるまでは、着られません」

「何を言っているの。おかえさんがそんなこと望むと思う。可愛い娘には、明るくてよく似合う着物を着てほしいと思っているはずよ」

「でも……」

「可愛い子ね。わかったわ。着るのは初七日が終わってからでいいから、今日は丈を合わせるために袖を通してちょうだい。すぐ脱げばいいでしょ」

「はい」

素直に応じたみさえは、袖を通した。

帯まで締められたのでおかしいなと思いながらも、お杉にすぐ戻るから待っていろと言われて、皺がつくといけないので立ったままの姿勢でおとなしく待っていた。

戻ってくる足音が廊下でしたので障子を見ていると、開けて入ってきたのはお杉ではなく一人の男だった。

大人の男が、みさえを見てにやついた。

「おお、いいじゃねえか」

すると後ろからもう一人の男が入り、怖い目を向ける。

恐ろしくなったみさえは、身体がこわばり動けない。そこへお杉が来たので救いを求める顔を向けると、お杉は先ほどまでとは違い、いつものお杉の顔つきに戻っていた。人を馬鹿にしたような顔でみさえを見て、にやついている男の腕をたたく。

「どうだい。わたしが言ったとおりだろう」

「へい、この子は磨き甲斐（がい）がありますよ。旦那様は大喜びされるに違いありやせん」

「では約束の物を」

お杉に応じたのは、怖い目の男だ。

懐（ふところ）から袱紗の包みを取り出して、お杉に渡した。

受け取ったお杉は重そうにしながら、袱紗の包みを解いた。

小判が見えたみさえは、世間知らずの八歳ではない。売られたのだと気づき、恐怖に後ずさる。

「おいおい、どこに行くんだよ」

にやついている男に腕をつかまれそうになったみさえは、男の手をかい潜って廊下に出ようとしたのだが、

「お待ち！」

お杉に捕まってしまった。

「許してください」

「ふん、お前なんかに食べさせる物はここにはないんだ。吉原で花魁になるのがお前にはお似合いの一生だ。それまでしっかり修行しな」

「いや、放して」

「お黙り！」

強く引かれたみさえは、お杉の手に噛みついた。

悲鳴をあげたお杉が小判を落とし、畳に散らばった。

みさえは裸足のまま裏庭に駆け下りて逃げようとした。

にやついていた男が笑みを消し、恐ろしい形相(ぎょうそう)で追ってくる。

「待ちやがれ！」

みさえは家の勝手口に走り、割れた陶器の入れ物があるのに気づいて咄嗟(とっさ)に倒した。

裸足で追ってきていた男はまんまと割れた陶器を踏み抜き、この世の終わりのような声をあげて倒れ、足が、足がと叫んでいる。

怖い目の男が仲間を踏み越えて来るのを見たみさえは、悲鳴をあげて逃げる。

すると目の前に下女が出てきた。

「その子を捕まえろ！」

男に怒鳴られ、驚いて振り向いた下女は、両手に薪(まき)を抱えている。

みさえがその袖を強く引っ張ったものだから、下女はよろけて男とぶつかり、もつれるように二人とも倒れた。

「旦那様！　娘がそっちへ逃げました！」

男の大声を聞きながら裏木戸から路地に出たみさえは、表側から男が来るのを見て目を見張り、路地が迷路のようになっている裏側に逃げた。

住み慣れた町の路地を右に左に走り、やっと追っ手から逃れたみさえは、四谷の町を必死に走ってお琴の店に行こうとしたのだが、四谷から出ると道がわからなくなり、目についた自身番に駆け込んだ。

詰めていた町役人たちは、赤い着物を着て薄化粧をしながらも、素足の娘を見て目を丸くした。

「助けてください」

みさえの悲痛な叫びに、四人の町役人が立ち上がる。

「どうした！」

「悪い人に追われています」

「なんだと！」

出ようとする若い男の手を引いて止めたみさえは、お琴の店に連れていってくれと懇願した。

「三島町の三島屋といえば有名だ。しかし女将に子はいなかったはずだが」

いぶかしむ町役人に、みさえは訴える。

「お願いです。連れていってください」

年嵩の町役人が言う。

「連れていってやれ。女将が何か知っているかもしれんぞ」

「よしわかった」

三人の町役人たちが応じて、一番若そうな町役人が背を向けてしゃがむ。

「可哀そうに、足が擦(す)りむけているじゃないか。おんぶしてやるからおいで」

みさえは藁(わら)にもすがる思いで身を預けた。

七

三島屋に来ていた左近は、権八と酒を飲みながら、店でおよねになぐさめられているお琴を見ていた。

みさえを養女にできなかったことよりも、今頃どうしているかと心配するお琴は、仕事も手につかぬようだと権八が教えてくれた。

表の戸をたたく音がしたのはその時だ。

赤坂(あかさか)の自身番の者だと言われて、およねが応じて戸を開けると、町役人に連れられてみさえが入ってきた。

「どうしたの！」

お琴が駆け寄り、みさえを抱きしめた。

それを見た町役人が、およねに何か言っている。

左近が店に出ると、およねが駆け寄ってきた。

「左近様、みさえちゃんが知らない男に連れていかれそうになって逃げたそうです」

左近は町役人に顔を向けた。

「その男はどこにいるのだ」

「それが、この子がひどく怯えておりましたので、急ぎお連れした次第で」

「そうか、よく連れてきてくれた。礼を言う。あとはこちらにまかせてくれ」

左近が頭を下げると、町役人たちは揃って応じ、みさえによかったなと言って引きあげた。

およねが見送って戸を閉めようとしたのを押しのけて、丹左衛門が入ってきた。

「ちょっと、勝手になんなんですか」

怒るおよねにまあまあと言った丹左衛門が、お琴に抱かれているみさえを見つけて、外に声をかける。

「お前の言うとおり、ここにいたよ」

するとお杉が中に入り、その後ろから、朱房の十手を持った町奉行所の同心が現れた。

お杉が憎々しげな顔でお琴を睨み、同心には泣き顔を作って訴える。

「旦那、この人です。この人が娘をたぶらかしてわたしから取り上げて、自分の物にしようとしているんです。なんとかしてください」

涙声に応じた同心は、渋い顔でお琴に十手を向ける。

「おい、その娘を返してやれ」

「待ちなさい」

左近が前に出ると、同心は一歩下がった。

「なんだおぬしは」

「子供の前だ。外で話そう」

「いいだろう」

先に表に出た左近は、人相の悪い男が慌てて身を隠したのを見逃さぬ。すぐに行くと三人が立ち去ろうとしたのを止め、あるじらしき身なりの男を同心の前で締め上げる。

「く、苦しい」

「てめえ、旦那様に何をする」

二人の手下が離そうとしたが、小五郎とかえでが取り押さえた。

「やめぬか」

同心が止めようとしたが、左近の力が勝り、手を離すことができない。

「みさえを連れていこうとしたのはお前だな。何者か白状しろ」

左近がさらに締め上げると、男は苦しそうに言う。

「怪しい者じゃない。わたしは吉原の妓楼、白屋のあるじ咲右衛門だ。お杉さんからみさえを買ったのだから、自分の物を取り返して何が悪い」

開き直る咲右衛門を放した左近は、同心と順に見て告げる。

「みさえの祖父幸兵衛と母親のおかえは、三島屋の養女にと望んでおったが、千代田屋丹左衛門夫婦が姪を幸せにすると申すから渡したのだ。妓楼に売ったとなると話が違う。よって、みさえを渡すわけにはいかぬ。金は千代田屋から返してもらえ」

同心が驚き、咲右衛門に言う。

「そういう事情なら、娘はあきらめろ」

咲右衛門に睨まれて、同心は目をそらした。

咲右衛門が態度を変え、左近に険しい顔を向ける。

「浪人の分際で舐めたことをぬかしやがる。こっちは商売だ。一度手に入れた物を、はいそうですかと返すわけがないだろう。どうしてもと言うなら、お前さんが二千両出しな」

「どうしても応じぬか」

「ふん、腰の物で脅そうったってそうはいかねえぞ。おい」

咲右衛門が路地に向かってひと声かけると、人相の悪い用心棒どもが五人出てきて、左近を取り囲んだ。

「左近の旦那」

「権八、皆を表には出さぬように」

応じた権八が店の中に入り、戸口から顔だけをのぞかせる。

頭目らしき一人が言う。

「命が惜しければ出しゃばるな」

左近が動じぬと見た頭目が、顎で指図する。

左近の背後にいた用心棒が応じて殴りかかった。

見もせず拳をかわした左近は、空振りした用心棒の首を手刀で打ち、気絶させた。

剣客風が刀を抜き、気合をかけて斬りかかる。

安綱を素早く抜いて弾き上げた左近は、剣客風の眼前で切っ先をぴたりと止める。

うっ、と声を詰まらせた剣客風の目の前で安綱を峰に返した左近は、横手から斬りかかってきた用心棒の一撃を弾き、額を峰打ちにする。

黒目を上に向けて倒れるその者を見もせぬ左近は、背後から刀を振り上げて斬りかかった別の用心棒の一撃を振り向きざまにかわし、背中を峰打ちした。

のけ反って呻いたその者は、同心の足下に突っ伏す。

残るは頭目と剣客風だ。

左近は二人に向き、安綱の柄を転じて正眼に構えながら告げる。

「去らねば斬る」

剣客風は、

「割に合わぬゆえ下りる」

興ざめした口調で刀を鞘に納め、足早に立ち去った。

頭目は顔を引きつらせ、左近に気合をかけて向かってきた。

「やあっ！」

大上段から打ち下ろされた一刀をかわした左近は、頭目の小手を浅く斬った。

顔をしかめた頭目が、怒りにまかせて斬りかかる。

右にかわした左近が、安綱の柄頭でこめかみを打つ。

気絶して倒れる頭目を見た同心は、左近が斬り殺したと思い込み、十手を向けた。

「奉行所まで来てもらうぞ」

左近を捕らえようとする同心に権八が駆け寄って腕を引き、小声で告げる。

「ちょいと言っておきますが、左近の旦那の刀には葵の御紋が入っていますぜ」

同心はぴんと来たらしく、目を見開いて権八に問う。

「まさか、密かに外を出歩かれると噂の甲州様か」

権八が笑みを浮かべてうなずくと、同心は左近の前に来て平身低頭した。

「甲州様！　ご無礼の段、平にお許しください！」

これには咲右衛門が絶句し、みさえを連れていこうとしていた二人の男は、小五郎とかえでから必死に逃れようと抗ったが、甲州忍者の二人が放すはずもない。

表に出てきていた丹左衛門とお杉は、震えながら左近に平伏した。

左近は、小五郎に用心棒どもを起こさせ、丹左衛門夫婦と並んで座らせた。

皆揃ったところで、厳しく告げる。

「二度とみさえに近づかぬと約束できるか」

丹左衛門とお杉は泣きべそをかきながら近づきませんと誓い、咲右衛門は、自分は騙(だま)されたと開き直っている。

左近が厳しい目を向けながら安綱の柄にそっと手を添えると、咲右衛門は慌てて平伏し、この町にすら二度と近寄らないと誓った。

皆を去らせた左近は、三島屋に戻り、お琴とみさえに微笑む。

「話がついた。みさえ、もうどこにも行かなくてよいぞ」

みさえはお琴に抱きついた。

「怖かったわね。もう大丈夫よ」

お琴が背中をさすってやると、みさえはおっかさんと言い、自分でも驚いたような顔をした。

「ごめんなさい」

「どうしてあやまるの。今日からわたしは、みさえのおっかさんですよ」

お琴が笑うと、みさえも笑い、目から涙をこぼした。

左近はよかったと小声でつぶやき、そのまま屋敷に帰ろうとした。

すると、権八夫婦が追ってきて、およねが問う。

「ほんとうに、いいんですか」

左近は微笑む。

「お琴の幸せは、おれの幸せだ」

帰る左近を見送ったおよねが、権八に言う。

「今の聞いたかい。惚れちまいそうだよう」

愕然とする権八を尻目に、およねはうっとりした顔で、遠ざかってゆく左近の背中をいつまでも見送り続けるのだった。

第四話　供え櫛

一

「先日の野分が、いつまでも江戸に居残っていた暑気を連れていったようだな」

久しぶりにお琴に会いに来ていた左近は、庭の彼岸花を眺めながら告げたのだが、返事がないので振り向くと、そこにいたはずのお琴の姿がなかった。

気づかなかった左近は、あぐらをかいている上半身を反らせて、開けられている襖越しに店を見る。

お琴は、手伝いをしているみさえに指導をしているようだった。

みさえは熱心に聞き、品物を示して質問をしている。

養女になって月日が経ち、みさえは母を亡くした悲しみを乗り越えて、明るさを取り戻しつつあった。

お琴から話を聞いて安堵していた左近は、横になって庭を眺め、のんびりと過ごした。

「左近様」

お琴の声に起き上がって向くと、折敷（おしき）を持ったみさえも来ていた。

茶菓（さか）を出してくれたみさえに左近が微笑（ほほえ）む。

「店の手伝いをよくしているようだな」

「はい」

「いい子だ」

みさえは恥ずかしそうな笑みを浮かべた。

「母様がいろんなことを教えてくださいますから、楽しいです」

「それは何より」

「みさえちゃん」

呼ぶおよねにはぁいと返事をしたみさえは、左近に頭を下げて手伝いに戻った。

若い客がみさえに声をかけるのを聞いて、左近はお琴に笑みを向ける。

「客にも可愛がられているようだな」

「はい。今いらっしゃったお客さんは妹が欲しかったらしく、みさえによく話しかけてくださいます」

「表情も明るくなった」

お琴はうなずくも、心配そうに言う。

「時々夜中に、母親の夢を見たと言って泣くのです」

「それでもずいぶん明るくなったではないか。そなたの慈愛に触れたからであろう」

お琴は謙遜した。

「逆に教えられることがたくさんあります」

「子も親を育てるのだと又兵衛が言うておった」

「おっしゃるとおりです。子育ては難しいと思いますが、あの子はよく気がついて賢い子ですから、助かっています」

「養女にしてよかったと思っているのだな」

「はい」

左近は、以前にも増して活気にあふれているお琴を見て、自分も嬉しくなるのであった。

店に戻るお琴に続いて、左近はみさえの様子をうかがえる居間に出た。

客と笑顔で話すみさえは、本人が言ったとおり楽しそうにしている。親を喪い、祖父とも別れてしまった悲しみと寂しさはあるだろうが、お琴と共にいれば、この子の将来は明るいはずだと、左近は思うのだった。


　左近が奥の部屋に戻ったあとで、店に若い侍が無言で入ってきた。身なり正しく、どこぞの若君といった風体の侍は、客の相手をして気づいていないお琴とおよねたちに声をかけるでもなく、品物を選びはじめた。

　櫛を手に取った侍は、並べられている別の櫛と見くらべて、どれにしようか迷っているようだ。

　およねがようやく気づいて、いらっしゃいませ、と言いながら歩み寄る。

　すると侍は、困ったような表情を浮かべた。

「田島櫛を探しているのだが、どれがそうなのだ」

「田島櫛でございますか」

　およねが申しわけなさそうに言う。

「ご存じかとは思いますが、今江戸で大変な評判となっておりまして……」

「聞いておる。元は五両だが、数が少ないため十両の値がついているらしいな」

　およねは胸を張った。

「よそ様はそうかもしれませんけどね。うちは値上げなんてしませんよ」

「そうか。ここにあるか」

品物を見て言う侍に、およねは申しわけなさそうに応じる。

「今品切れ中でして」

「いつ入る」

「申しわけありません。職人さんがご高齢なもので、はっきりいつとは約束できないんですよ」

「どうしても妹に買ってやりたいのだ。二十両出すから、どうにかしてくれぬか」

返答に困るおよねにかわったお琴が、笑みを浮かべて応じる。

「ひとつだけ予約が入っていない物が入る予定ですから、届きましたらお屋敷にお届けいたします」

「いや、取りに来るから知らせてくれ」

「承知しました。ではお名前とお屋敷をお教えください」

「小川町の原方庄之助だ」

お琴が帳面に書くと、侍は懐から包みを出した。

「二十両だ」

「お代は五両でございます」

「よいのか」

お琴が笑顔でうなずくと、侍も笑みを浮かべた。

「さすがは評判の店だ。ここに来てよかった」

「ありがとうございます」

お琴は表まで送り出し、頭を下げて見送った。

穏やかな一日が終わり、五人で夕餉をとっている時、権八がふと思い出したように箸を置いて左近に向く。

「そういえば旦那、本所で吉良様のお屋敷の普請がはじまりましたよ」

「そうか」

吉良家が曲輪内から本所回向院裏へ屋敷替えが決まったのを又兵衛から聞いたのは、つい五日前のことだ。左近は、権八に酌をしてやりながら問う。

「普請に関わっているのか？」

「いえいえ」

権八は顔の前で手を打ち振って言う。

「江戸の者はごくわずかで、どこから職人を連れてきているのかと噂になっておりやしてね。上杉様の国許から呼ばれてるっていう声が大半です」

　左近はいぶかしむ。

「上杉家の当主は上野介殿の実子だからだろうか」

「え、そうなので？」

「うむ」

「ははあ、知りやせんでした。なぁるほど」

　およねが口を挟む。

「江戸には大工職人が大勢いるのに、どうしてわざわざ国許から呼ぶんだろうね」

「それもそうだ」

　腕組みをした権八が、勘ぐった顔を左近に向ける。

「旦那、上杉様は屋敷の縄張りが外に漏れるのを警戒して、国許から大工を呼んだんですよ。そう考えると納得だ」

「どうしてそう思う」

「ご公儀が吉良様を曲輪内から出されたのは、堀部の旦那たちが仇討ちをしやすくするためじゃないかと」

「お前さん！　子供の前で物騒な話をしないでおくれよ」

「旦那、どう思われます」

およねの声が耳に入らぬ権八は、答えを求める顔でじっと見てきた。

「違うと思うが……」

綱吉の本心を測りかねている左近は、そう濁した。

するとと権八が、酒を一口飲んでから言う。

「町はその噂で持ちきりですよ」

「お前さん！」

背中をたたく音が大きかったので、みさえが驚いた。

権八がみさえに微笑む。

「おばちゃんの手は肉がよくついているから、ちっとも痛くないいんだぜ。そうだ、いい物を忘れるところだった」

権八は手元に置いていた巾着から、紙に包んだ飴を出して見せる。

「わあ、ありがとうございます」

みさえは子供らしく喜び、お琴に見せた。

お琴が笑って権八に言う。

「昨日もらったお菓子がまだあるのに」

「いくらあっても困らないだろう。なあみさえちゃん」

左近は微笑ましい光景を見つつも心配する。

泰徳からつい先日送られてきた手紙では、大石内蔵助が山科に隠棲しているという知らせのみで、安兵衛と孫太夫の行方については未だわかっていないからだ。

その泰徳が桜田の屋敷に来たのは、二日後だった。

昼間に江戸に戻った足で直接来たらしく、旅装束のままだと間部から聞いた左近は、長旅をねぎらうべく酒肴の用意をさせた。

客間で膝を突き合わせた左近は、

「まずは一献」

杯を取らせて酌をし、改めて問う。

「文をもらって間がないが、どうした」

喉を潤した泰徳が、臓腑に染みた面持ちをすると、長旅で日焼けした顔を左近に向けながら告げる。

「文を出したすぐあとで、岩倉殿が安兵衛殿の消息をつかんだのだ。安兵衛殿と孫太夫殿は、吉良家の屋敷替えを知り、江戸に戻っているはずだ」

「それであとを追って江戸に戻ったのか」

「うむ」

「お滝殿と雪松は来ておらぬのか」

「うむ。先に帰らせた」

「岩倉殿は」

「京に残って、大石内蔵助殿を探っている」

「仇討ちはあると思うか」

左近の問いに、泰徳は厳しい顔をする。

「血判があるという噂があるいっぽうで、大石殿は浅野家を再興させるために動いているとの話もある。何かつかんでおるか」

「おれの耳にはまったく入ってこぬ」

「そうか……」

泰徳は何か言いかけて、酒を飲んだ。

問う左近に、泰徳は苦い顔を向ける。

「なんだ」

「吉良家を本所に移したわけも、耳に入ってこぬのか」

「うむ。何か知っておるのか」

「仇討ちをさせるためだと、品川で耳にした」

「その噂はあるようだが、上様がそうするとは思えぬ。そこのところは、今又兵衛が探りを入れている」

「そうか。吉良家が移る回向院裏は近いから、おれも目を光らせるつもりだ」

「くれぐれも頼む。二人を見かけたら、すぐに教えてくれ」

「承知した」

そこへ折よく、又兵衛が戻ってきた。

「殿、吉良殿が本所に移されたわけがぼんやりと見えてきましたぞ」

「ぼんやりと、か」

左近が笑うと、又兵衛は大真面目に言う。

「上様や柳沢殿に面と向かってお尋ねするわけにもまいりませぬから、周囲の者に問うてみたのです」

「そうか。それで何が見えた」

「これはあくまでそれがしの勝手な想像ですが、吉良殿は、隣家に遠慮されたのでしょうな」

「自ら屋敷替えを願うたと申すか」

「赤穂浪人の討ち入りを警戒するようにとのお沙汰のせいで、曲輪内の大名屋敷は連日篝火を焚いて警戒しておりますから、吉良家の者たちは肩身の狭い思いをしておったそうです」

「なるほど」

納得したのは泰徳だ。

「吉良家が移る回向院裏は城から遠く離れておるゆえ、周囲の者まで警戒せずともよいということか。見捨てられたと噂になっても仕方ないが、まさか、自分から願い出ていたとは」

又兵衛がうなずき、左近に言う。

「吉良殿は、赤穂の者たちを恐れておらぬそうです」

「上野介殿らしいといえばらしいが、何もなければよいが」

「おれが気をつけておく」

左近は泰徳に顔を向ける。

「くれぐれもよろしく頼む」

応じた泰徳は、杯を空にして折敷に戻し、早々に帰っていった。

二

秋の虫が鳴く夜道を、ちょうちんの明かりが近づいてくる。

中間が足下を照らすのは、御家人の長男、松上誠一郎だ。

「若様、今夜はご機嫌でございますね。何かいいことがありましたので？」

鼻唄をやめた松上は、中間を睨んだ。

「これは悲しい唄だ。機嫌がいいものか」

中間は自分で頬をたたいた。

「この口が悪うございました」

松上は鼻で笑う。

「お前は近頃よくそうするが、中間仲間の流行りか」

「先日旦那様の使いで寺に行きました時に、見たのでございますよ」

「何をだ」

「ご住職にお仕えしているお方が、和尚様に叱られた時にこうやっていたのです」

「あざとい奴め。真似して自分からやれば、父上やおれに罰を受けないと思うたか」

「とんでもない。自分の失敗を責めているのです」

「まあいい。つべこべ言わずに前を照らさぬか」

中間がちょうちんを前に向けた時、明かりの中に人の足が入ったので見上げると、一人の侍が立っていた。

狭い道だ。どちらかが譲らなければすれ違えぬ。

顔を確かめるためにちょうちんを上げた中間が、あっと息を呑んだ。覆面で顔を隠した曲者だったからだ。

松上が中間を下がらせ、曲者と対峙する。

「何者だ」

厳しい声をあげた刹那、曲者は無言で迫ってくると、いきなり抜刀して刃を一閃した。

警戒していたはずの松上が、何もできぬまま斬り倒されたのを目の当たりにした中間は、腰を抜かしてしまい、腰に帯びている小太刀に手をかけることもできず、恐怖に満ちた顔をしている。

曲者は、中間も斬らんと足を向けたが、

「何をしている！」

前からした声に刀を引き、きびすを返して走り去った。

「若様！」

這って松上のそばに行く中間のところに走ってきたのは、早乙女一蔵だ。

左近の近侍四人衆の役目を解かれたあとは、あるじ又兵衛の従者として桜田の甲府藩邸に詰めている一蔵は、一日の役目を終えて、小川町にある己の屋敷に戻ってきたところをこの騒ぎに出くわした。

「や、誠一郎ではないか」

隣家の長男に一蔵は驚き、泣いている中間をどかせて首筋に指を当てた。仰向けに倒れている松上の目に生気はなく、脈も止まっている。己のちょうちんで身体を照らした一蔵は、骨まで断ち斬られている胸の傷を見て眉間に皺を寄せた。

「おい泣くな。やった者に心当たりはあるか」

中間は首を何度も横に振る。

「布で顔を隠していましたから、わかりません」

「誠一郎は何か言っていたか」

「いいえ。相手が刀を抜いたのもわからぬうちに、若様は倒れられたのです」

一蔵は、松上が刀の鯉口すら切っていないのを見て立ち上がり、曲者が逃げた暗闇を睨んだ。

「抜刀術か」

一蔵から話を聞いた又兵衛は、元大目付の表情になってそう言い、改めて問う。

「斬られた御家人の倅は、友人宅で酒を飲んでの帰りだと言うたが、刀もよう抜かぬほど泥酔していたのか」

「中間が申しますには、いつもよりは酔っていたものの、足下がおぼつかぬほどではなかったようです」

「市中で御家人の倅が襲われたとあっては、殿に黙ってはおけぬ。わしからご報告しておくゆえ、お前は松上の家に行って、下手人に覚えがないか父親に問うてまいれ」

「すでに問いましてございます」

「なんと申しておった」

「思い当たることは何もないそうです」

「よし。では共にまいれ」

　又兵衛から御家人の長男殺しを聞いた左近は、辻斬り(つじぎ)かと案じつつも、二人に言う。

「この件は、ご公儀が動くであろう」

　左近がこう述べたわけは、又兵衛も承知している。

　左近が言う公儀とは柳沢保明を指しており、その柳沢は今、赤穂浪人による吉良上野介討ち取りを阻止すべく、市中の警戒を強めさせているからだ。

　耳には入ってこないが、柳沢は、赤穂浪人についてなんらかの情報を得ているようだと、左近は睨んでいる。

　その最中の殺しだけに、左近は気になった。

「一蔵」

「はは」

「松上家は、吉良家と繫(つな)がりがあるのか」

　一蔵は考える顔をし、首を横に振る。

「聞いたことはありませぬ」

「下手人は相当な遣(つか)い手(て)か」

「はい。抜刀術の一撃で命を奪っておりまする」

「相手が抜刀術の達人ならば、酔って歩いていた時に出合い頭に抜かれたのではひとたまりもなかろう」

左近は、辻斬りを疑う。

この時感じた不安は、二日後にかたちとなった。またもや一蔵の屋敷近くの御家人の次男が襲われ、同じ手口で命を奪われたのだ。

又兵衛と共に左近のところに来た一蔵は、神妙な面持ちで口を開く。

「殺されたのは下関家の次男でございますが、先日被害に遭った松上誠一郎とは友人にございます」

厳しい顔つきになっている又兵衛が、左近に言う。

「殿、これは辻斬りではなく、怨恨による凶行ではないでしょうか」

「なぜそう思う」

「一蔵、殿にお話しいたせ」

又兵衛に応じた一蔵が言う。

「二人は幼い頃から町に出かけては悪さをしており、大人になった今でも、時々揉めごとを起こしております」

「命を狙われるほどのことか」

「わたしが知る限りでは、やくざ者と大喧嘩をしたのが一番厄介なことかと」

「やくざの仕業と決めつけるのは早かろう。辻斬りを念頭に置き、屋敷に帰る時はくれぐれも油断せぬように」

「はは。来れば退治いたします」

「うむ」

一蔵を下がらせた左近は、他の者にも油断せぬよう周知するよう又兵衛に告げた。

その翌日、左近は久しぶりに市中にくだり、お琴に会いに行った。

みさえに遠慮して泊まるつもりはなかったが、夕方になるとおよねがみさえの肩を抱き寄せ、

「みさえちゃん、今夜はおばちゃんと寝ようか」

こう誘うと、みさえは喜んで、はいと答えた。

「よし、じゃあおいしいお菓子を買いに行こう」

「はい！」

目を輝かせるみさえを連れて出かけるおよねが、左近に振り向いた。

「左近様、ごゆっくり」

笑顔で言われて、左近はお琴と顔を見合わせて笑った。

聞けば、権八は急ぎの仕事が入って牛込に行き、今夜は帰らないという。

「およねさんは前から、みさえと一緒に寝たいと言っていましたから、嬉しいのです」

「おれが来るたびに気を使わせてすまぬな」

「そんなこと言わないでください。みさえには、左近様は大切な人だと伝えてありますから」

「みさえも気を使ったのだろうか」

お琴は左近の手をにぎった。

「どうか、これまでどおりにしてください」

左近はお琴を心配させまいと微笑む。

「わかった」

二人で夜を過ごしながら、左近がみさえとの暮らしを問うと、お琴は不安そうな顔をした。

「素直でいい子なのですが、どこか我慢しているようだから、もっと甘えさせてやりたいと思っています」

左近はお琴の手をにぎった。

「みさえは前よりも、今日のほうが明るくてよい顔をしていた。そなたのまごころが伝わっている証ゆえ、そう焦らぬことだ」

お琴は眉尻を下げた。

「わたしはどうも、みさえが浮かない顔をしているところばかり気にしてしまいます」

「気持ちはわかるが、子供ゆえ、いい顔ばかりはできまい。そっと見守ることも大事だ」

「そうおっしゃっていただいて、ほっとしました」

笑ったお琴はいつもの調子に戻り、二人で落ち着いた夜を過ごした。

翌日は昼までゆっくりして帰るつもりだった左近は、みさえが店を手伝う様子を見ていた。お琴には焦るなと言っておきながら、まるで我が子のように、みさえのことが気になってしょうがない自分の気持ちに気づいて、一人で笑う。

居間で茶を飲みながら、みさえが客と接する声を聞いていると男の声がした。

左近が店を見ると、若い侍だった。

田島櫛を取りに来たという侍は、左近を見てきた。

目が合うと会釈をされた左近は、応じて返したものの、妙に気になった。左近と目が合った時に一瞬見せた表情が、相手をするお琴に向けるものとはまったく別物で、警戒したように思えたからだ。

あのような目をする者をこれまで何人も見てきた左近は、こころに闇を抱えている気がして、帳場にいるおよねを呼んだ。

「はいはい」

軽く応じて近寄るおよねに、左近は小声で問う。

「お琴が相手をしている客は、何者だ」

「小川町にお住まいのお旗本ですよ」

「名は」

「原方庄之助様です」

「そうか。手を止めてすまぬ」

「いいぇ」

帳場に戻るおよねを横目に、左近は庄之助を見た。

左近は父親の原方寛斎を知っている。

長らく江戸城の本丸御殿を守っている者で、新陰流の達人だ。月例の行事以外は城から足が遠のいている左近は、寛斎の顔をずいぶん見ておらず、役目を続けているかどうかまではわからない。

　とはいえ、控えめで穏やかな寛斎の人柄を気に入っていた左近は、息子のことがどうにも気になり、小五郎に探らせることにした。

三

　桜田で待つ左近の前に小五郎が来たのは、二日後だ。もたらされた情報は、お琴とおよねから田島櫛の話を聞いていた左近にとって解せぬものだった。庄之助が櫛を贈るはずの妹愛代は、先月この世を去っていたのだ。

「病か」

　左近の問いに、小五郎は渋い顔で応じる。

「こころの病だったようです」

「そのわけは」

「番町に屋敷がある同じ五百石旗本の白山家の長男益孝と縁談が決まり、今年の春が祝言のはずだったのですが、突如破談にされたことが引き金になったのではないかと、周囲の者は口を揃えます」

闇を抱えたような庄之助のあの目つきは、そのせいだったのかと左近は思った。

「妹を偲び、今流行りの櫛を求めたか」

「もうひとつ、ご報告がございます」

小五郎がそう告げたところに又兵衛が来て、うかがう顔を向けた。

「声が聞こえると思えば小五郎殿だったか。なんの話ですかな」

左近が答える。

「原方寛斎の娘の話だ」

「おお、寛斎殿の」

寛斎を知る又兵衛は興味を持ち、廊下に正座した。

「娘御がどうしたのです？」

「自ら命を絶ったそうだ」

又兵衛は驚き、小五郎を見た。

「まことか」

「はい」

「なんとも気の毒な。寛斎殿の娘御は器量よしだと評判でございましたな。風の噂では決まっておった祝言が取りやめになったと耳にしたが、まさかそのことが原因か」

小五郎はうなずいた。

「そう聞いております」

「さようか。近頃寛斎殿を城で見ぬが、娘を喪い落ち込んでおるのだろうか」

「そのことです」

小五郎が左近に顔を向ける。

「寛斎殿は、娘御の葬儀が終わった直後に倒れられ、あとを追うように逝ってしまわれたそうです」

死因は卒中だった。

又兵衛がため息をついた。

「そうであったか……。寛斎殿とは無沙汰をしておりますが、それがしが大目付をしていた頃は世話になった間柄。殿、それがしこれより線香をあげにまいりとうございますゆえ、これにてごめん」

「では余もまいろう」

立ち上がりかけていた又兵衛が驚いた。

「殿も親しくしておられたのか」

「いや、お琴の店に長男が来たのだが、ちと気になるので様子を見たい」

すると又兵衛が、探る顔つきになった。

「甲府藩主としてですか。それとも、新見左近としてですか」

「寛斎に世話になった者にしておこう」

「承知しました」

藤色の着物に着替えて又兵衛と小川町へおもむくと、原方家の屋敷前に人が集まり騒然としていた。

「何ごとですかな」

又兵衛が足を速め、門の前で野次馬に帰れと告げている者たちを横目に、困った顔で立ちすくんでいる下男をつかまえた。

「おい、なんの騒ぎだ」

下男は警戒する顔で答えようとせぬので、又兵衛は言う。

「怪(あや)しい者ではない。こちらは新見左近殿。わしは元大目付の篠田じゃ。寛斎殿には大目付であった頃に世話になってな。亡くなられたと聞いたので線香をあげさせてもらいに来たのだ」

そう聞いて、下男はようやく態度を和らげたのだが、一転して不安そうな顔をした。

「何があったのか話してみよ」

又兵衛が促すと、下男は口を開いた。

「竜見様と中貝様とおっしゃる御目付役が来られて、御家人の松上様と下関様のご子息を庄之助様が斬り殺したと責めて、連れていこうとされたのです」

「なんじゃと！」

驚いた又兵衛が左近に顔を向けた。

腕を怪我し、配下たちに介抱されながら去っていく侍を見ていた左近が、下男に問う。

「庄之助は逃げたのか」

「はい。表まで連れ出されたところで突然暴れて、自分の手で妹の仇を取るまで捕まるわけにはいかないとおっしゃってお逃げになりました」

「おい！」

怒鳴り声をあげて来た五十代の侍が、下男の腕を引っ張った。

「ぺらぺらとしゃべるんじゃない！」

下男は頭を下げた。

「申しわけありませぬ。こちらは元大目付の篠田様です」

「何！」

慌てた侍が、又兵衛に頭を下げる。

「そうとは知らずご無礼をいたしました。それがしは用人の富田でございます」

「いやいや。寛斎殿と娘御が亡くなられたと聞き、線香をあげさせてもらいに来たところにこの騒ぎだったゆえ、その者に訊いておったのだ。ご嫡子庄之助殿に人を殺めた疑いがかけられておるそうじゃな」

はいと応じた富田は左近を見て、ふたたび又兵衛に目を向けたのだが、はっとしたような顔をして問う。

「篠田様、こちらのお方はもしや……」

「甲州様じゃ」

下男が動転してのけ反り、慌てて平伏した。

富田も地べたに伏そうとするのを左近が止めた。

「人目がある。中で詳しい話を聞かせてくれ」

「甲州様にそうおっしゃっていただけるとは、まさに地獄に仏。若様はご先祖様に守られてございます」

「まだ泣くのは早いぞ」

左近の言葉に応じた富田は涙を拭き、左近と又兵衛を表門から入れて書院の間に通した。

上座に着く左近に改めて頭を下げた富田が涙ながらに訴えたのは、原方家を襲った悲劇だ。

はじまりは、妹の愛代だった。

白山家との祝言を三月後に控えた八日の日に出かけた愛代は、幼馴染みの屋敷から帰る途中で四人の男に連れ去られ、手籠めにされたのだ。

こころに深い傷を負ってしまった愛代は部屋に閉じ籠もってしまったのだが、寛斎の必死の説得によって白山家に嫁ぐことを励みとし、徐々に快復していた。

だがその矢先に、白山家から突然破談にされたのだ。

白山家は破談にする理由を、こころの病の疑いがあるとして一方的に告げてきたため、寛斎は愛代の耳に入れぬよう、富田と二人だけの秘密にしていた。

しかし、そのことがかえって愛代を苦しめることになった。手籠めにされて苦しんでいた最中の破談だったため、愛代は相手が知ったのだと思い込み、自ら命を絶ってしまったのだ。

そこまで告げた富田は、嗚咽した。

左近に取り乱して申しわけないと言い、気持ちが落ち着いたところで、改めて口を開いた。

「殿は、娘を救ってやれなかったと己を責められ、深い悲しみの中でお倒れになり、そのまま逝かれてしまったのです」

「そのようなことがあったのか」

左近は寛斎を想い、目を赤くした。下を向いている富田に問う。

「庄之助が疑われたのは、殺された二人が愛代殿を手籠めにした四人の中に含まれているからか」

「はい」

「庄之助は、どうやって妹の仇を見つけた」

「愛代様の遺品を整理されていた時に、日記を見つけられたのです」

富田は一旦下がり、愛代の日記を持ってきた。

左近が開くと、富田が告げる。

「殿と若様は普段は穏やかですが、ひとたび刀を取れば筋金入りの剣客。愛代様は、襲った者を言えば生かしてはおかぬと思われたのでしょう。お二人が決して手に取らぬ日記に四人の名を記し、日々恨み(うら)をぶつけておられました」

富田が言うとおり、こころの苦しみと恨み言が書かれているが、ある日付を最後に日記が終わっている。

左近は日記を開いたまま、富田の前に置く。

「この日に何があった」

「手籠めにされたことが白山家に知られたと思い込まれた愛代様は、日に何度か叫び声をあげるようになられておりましたから、自害を心配された殿が、目の届くところに置くとおっしゃり、部屋替えをされたのです。箪笥(たんす)はそのままにされてございましたから、書くことも、捨てることもできなかったと思われます」

愛代は、家の者の目が届かぬ湯殿(ゆどの)で首を吊っていたのだと聞いた左近は、日々苦しかったであろうと思い、胸を痛めた。

日記を見ていた又兵衛が、頬を濡らして洟(はな)をすすり、富田に問う。

「これを見れば、他人のわしとて許せぬ。まして庄之助殿にとっては可愛い妹だ。生かしておけぬと思うのは人情だぞ」

富田が辛(つら)そうにうなずく。

「おっしゃるとおり、若様は仇を討つつもりでございました。ですが、斬ってはおりませぬ」

「なぜそう言い切れる」

「仇を討てば、その理由が公になります。そうなれば、愛代様がまた辱めを受けるとお諫めしたところ、庄之助様は思いとどまってくださったのです。二人が殺された日は一歩も外に出られておりませぬから、やったのは若様ではないと御目付役に何度申し上げても聞く耳を持っていただけず……」

富田は泣きながら左近に両手をついた。

「御目付役に斬りつけるような仕儀に立ちいたり、面目次第もござりませぬ。ですが信じてください。若様は決して、人を殺めてはおりませぬ」

左近はうなずいた。

「ようわかった。だがこのままでは、庄之助は残る二人を斬るかもしれぬ。立ち寄りそうな場所があるなら教えてくれ。余が止めにまいる」

「三つありますが、御目付役にお伝えしておりますから手が回ってございます。ただ、愛代様の名誉のために、残る二名の仇については言うてはおりませぬ」

「解せぬ。そなたは愛代殿のことを誰にも漏らしておらぬと申すが、目付役は何ゆえ、庄之助が二人を殺したと疑うのか」

「そこがわからぬのです。御目付役は、問うても教えてくださいませぬ。ただ、ご先代と若様は抜刀術を得手とされておるのもご存じでしたから、竜見様と中貝様は、間違いないと思われていたようです」

「又兵衛、二人の目付役に確かめてくれ」

「承知いたしました」

左近は富田に言う。

「庄之助のことは、余にまかせよ」

富田は平身低頭した。

「甲州様のお噂は耳にしてございました。何とぞ、何とぞ若様をお助けくださりませ」

「できるだけのことはいたす」

左近はそう告げ、屋敷をあとにした。通りを歩いていると、又兵衛を追い越した小五郎が左近に肩を並べる。

左近は、お琴の店に来た庄之助を見ている小五郎に残る二人を見張らせ、庄之助が現れたら捕らえるよう命じた。

「庄之助は、背が高くてがっしりしており、眉毛が太い」

四

特徴を配下に告げた小五郎は、残る二人のうちの一人で、松上家からほど近い場所にある鳥越源馬（とりごえげんま）の屋敷を見張らせ、自分はもう一人の手川一強（てがわいっきょう）の屋敷に向かった。鳥越家とは近所で、表門の前からは鳥越家の裏門が見える。

一日目に動きはなく、二日目の昼前になって手川が出かけた。

向かうのは鳥越家の方角だ。

物売りに化けている小五郎があとを追うと、手川は鳥越を誘い出し、揃って町中に向かってゆく。

二人は小五郎たちに気づくことなく神田川（かんだがわ）まで来ると、岸に着けている屋根船に乗り込んだ。酒でも飲むのかと思い小五郎が見張りを続けていると、程なく、御高祖頭巾（おこそずきん）で顔を隠した武家の女が来て乗り込み、舟は川に出ていった。

念のため配下に用意させていた猪牙舟（ちょきぶね）に飛び乗った小五郎は、舟から目を離さなかった。三人が中で何をしているのかわからぬが、舟は川を一刻半（約三時間）かけて回り、元の場所に戻った。

男たちはにやついて出てくると、岸を離れていく。

小五郎はかえでに女の正体を探らせ、手川たちの見張りを続けた。

二人は庄之助を警戒しているのか、どこにも寄らず各々の屋敷に戻り、それからは何の動きもないまま日が暮れた。

引き続き手川家を見張っていた小五郎のところにかえでが来たのは、夜も更けた頃だ。

「何者かわかったか」

「はい。八百石の旗本、竹内家の長女勝乃です」

小五郎はいぶかしむ。

「竹内家はここから近いが、中を探っていたのか」

「いえ。勝乃は、帰る途中で町の湯屋に寄りましたので中に入りましたところ、身体を洗いながら泣いておりました」

小五郎は門から目を離し、かえでを見た。

「舟で襲われたのだろうか」

「わたしより先に町の者が心配して声をかけたところ、なんでもないと言って、すぐに泣くのをやめたのですが、腕には強くにぎられた指の痕がありました」

「自ら舟に足を運んだのが気になる。これまでのことを殿にご報告して、指示を仰げ」

「承知しました」

走り去るかえでから、薬湯の香りがほのかにしてきた。

見張りに戻った小五郎は、笑いながら歩いていた手川の悪党面を思い出し、表情を厳しくする。

一刻（約二時間）もせぬうちにかえでが戻ってきた。

小五郎は見ずに言う。

「殿はなんとおっしゃった」

「勝乃を心配され、次に何かあれば守ってやれと仰せつかりました。これより勝乃に張りつきます」

小五郎はかえでを行かせ、配下と交代しながら夜を明かした。

翌日は何もなく、その次の日の夕刻に手川が出てきた。

一人で町へ向かう手川から目を離すことなく周囲を警戒していた小五郎は、堀川に架かる太鼓橋を渡る手川のあとに続いた時、走ってくる者に振り返った。

太鼓橋を上がる侍は庄之助だ。

周囲には目もくれず、前を歩いている手川のみを見据（みす）える庄之助は殺気に満ち、すでに鯉口を切っている。

小五郎の前を走り過ぎようとした庄之助は、うっ、と短く呻（うめ）いた刹那、気を失った。

倒れる庄之助を受け止めたのは、小五郎の配下たちだ。

太鼓橋から下りた手川が振り向いた時には、そこに庄之助の姿はなく、町駕籠（まちかご）に押し込められている。

簾（すだれ）を下ろした町駕籠が横を通るのを一瞥（いちべつ）した手川は、何も気づかず前を向いて歩きはじめた。

配下に手川の監視を続けさせた小五郎は、庄之助の駕籠に付き添い、左近のもとに急いだ。

五

意識を取り戻した庄之助は、閉じ込められているのがどこなのか知らぬまま夜が明けた。

宮仕（みやづか）えと思（おぼ）しき身なりの者が朝餉の膳（ぜん）を持ってきた時に問うても、何も教えてもらえなかった。

朝餉をとる気にもなれず正座していると、鍵をはずす音がして木戸が開けられ、入ってきたのは町人の身なりをした男だ。

小五郎を見た庄之助は、昨日すれ違いざまに気を失わせた者だと気づき、じっと見据えた。

「何者だ」

正面に立った小五郎は、頭を下げてこう切り出す。

「手荒な真似をして悪かった。これより甲州様がお会いになる」

「甲州様が！」

仰天（ぎょうてん）する庄之助を、小五郎が外に促す。

又兵衛から知らされた左近は、共に表御殿の客間に向かった。

下座で正座して待っていた庄之助が平伏するのを見つつ上座に着いた左近は、面（おもて）を上げさせ、又兵衛にうなずく。

応じた又兵衛が、庄之助の目を見て口を開く。

「そなたを連れてこさせたのは他でもない、妹御（いもうとご）のことじゃ。甲州様の御前で嘘偽（うそいつわ）りを申すことはまかりならぬぞ」

「はい」

「うむ。さっそくじゃが、そなたの屋敷にまいった目付役の両名に確かめたところ、妹愛代の無念を思い知れと叫び、松上誠一郎と下関京之進を斬った者を見たと、ご公儀に知らせたどこぞの渡り中間がおる」

庄之助は、又兵衛に曇りのない目を向けて応じる。

「松上と下関は、この手で斬りとうございました。悔しいですが、わたしではございませぬ」

「じゃが、下手人は抜刀術を遣ったと、その者は言うておるのだ。それでも違うと申すか」

「甲州様に嘘は申しませぬ。わたしは潔白でございます。どうか、お解き放ちくださりませ」

平身低頭して願う庄之助に、左近は告げる。

「そのほうを帰すわけにはいかぬ。しばしこの屋敷におれ」

「どうか！」

「そう焦るな。そなたが無実であれば、目付役に届け出た中間が怪しい。妹を苦しめた者どもをすべて暴き出すべく、余の手の者が動いておる。父と妹の無念を晴らすのは、それからでも遅くはない」

庄之助は戸惑いがちに言う。

「わたしの家族に何があったか、ご存じなのですか」

左近が小五郎に顎を引く。

応じた小五郎は、廊下の障子を開けた。そこには用人の富田が座っており、庄之助に涙ながらに訴える。

「若、甲州様にすべてお話ししました。どうか、甲州様に従ってくだされ。このとおりにござります」

平身低頭する忠臣を、庄之助は唇を嚙みしめながら見ている。

又兵衛が言う。

「目付役は、まだ疑いを解いておらぬ。このままでは、そのほうは人斬りにされる。妹御を苦しめた者どもをすべて暴き出して真相を突き止めるゆえ、ここで待っておれ」

庄之助は左近を見て、無言で平伏した。

人目につかぬ場所に潜んで勝乃を見守っていたかえでは、夜が更けて部屋の明かりが消えるのを見届けると、その場を去ろうとした。だが、それを待っていたかのように裏庭に現れた人影に気づき、身を隠す。

怪しい動きをする三十代の中間は、かえでに見られていることに気づかず、勝乃が眠る部屋の障子を少し開け、中の様子を探りはじめた。

忍びに徹するかえでは、こころを無にし、手出しせずにじっとうかがう。

中間が部屋に入って障子を閉めると、かえでは月明かりで己の影が障子に映らぬよう近づき、音も気配もなく廊下に這い上がって中の様子を探った。

中間の声が聞こえる。

「あのことを、手川様から聞いているんだ。ばらされたくなかったら、おとなしくしていなよ」

かえでが障子に穴を開けて中を見ると、勝乃は中間に抗わず、辱めに耐えていた。

かえでは助けに入ろうとしたのだが、梟の鳴き声が耳に届き、裏庭に目を向ける。

甲州者だけが使う合図に応じて植木のところに下がると、仲間が小声で告げた。

「手出しせず、真相を探れとのお頭の命にございます。ただし、死なせてはならぬとのこと」

左近からは守ってやれと命じられているかえでは、仲間にそう言おうとしたのだが、ここは我慢のしどころだと理解し、廊下に戻った。

勝乃の耐える声はせず、男の息遣いだけが聞こえる。

程なく出てきた中間は、悪い笑みを浮かべながら去っていった。

中を見ると、布団でうつ伏せになっている勝乃がむせび泣いていた。愛代のように自ら命を絶つのではないかと心配したかえでは、その場にとどまり、夜が明けるまで見守った。

六

夕暮れ時に又兵衛と庄之助を茶室に招いていた左近は、亡き寛斎を偲びながら、自ら茶を点てていた。

恐縮する庄之助に、又兵衛は大目付であった頃に寛斎に世話になったことなどを穏やかに話し、昔を懐かしんだ。

又兵衛が優しく接した甲斐あって、次第にこころを開く庄之助を見守っていた左近は、茶室の外に近づく気配を察し、控えている小五郎にうなずいた。

応じた小五郎が障子を開けると、かえでが片膝をついた。

会話をやめて顔を向ける又兵衛と庄之助。

二人を一瞥したかえでが、左近に報告する。

「勝乃は、今日も手川と鳥越に呼び出されました。弱みをにぎられていると思われます」

「その内容は」

左近の問いに、かえではちらと庄之助を見て、しゃべるのをためらった。

小五郎が左近を見る。

察した左近は外に出ようとしたのだが、庄之助が声を発した。

「妹は、勝乃殿の屋敷から帰る途中で襲われました」

又兵衛が驚く。

「何、それはまことか」

「はい。屋敷も近く幼馴染みです」

又兵衛にそう告げた庄之助は、かえでに言う。

「わたしは大丈夫ですから、妹のことで何かわかったのでしたら、是非とも教えてください」

かえでは左近に指示を仰ぐべく目を向けた。

左近がうなずくと、かえでは庄之助を見て告げる。

「愛代殿をひどい目に遭わせたのは、勝乃だと思われます」

「まさか、そんな……」

庄之助は想像すらしていなかったようで、驚きはしたものの、すぐに否定した。

「二人はとても仲がよかったのですから、あり得ませぬ」

かえでは根拠のない報告をする者ではない。

そこで左近は、又兵衛を竹内家に遣わし、勝乃を連れてこさせることにした。

元目付役だという父の孝義と共に勝乃が来たのは、翌朝だ。

左近は客間に通すよう命じて、庄之助を同座させた。

下段の間の廊下で頭を下げる親子を中に入れず、自ら近くに寄って向き合う左近に対し、孝義は恐縮したものの、同座している庄之助を見て勘違いをしたようだ。

「甲州様、それがしのような者の娘を召し出されたのは、良縁の話でございましょうか。そうだとすれば、このうえない誉れにござりまする」

先走る父の後ろで、勝乃は戸惑った様子でうつむいている。

左近は、父親には答えず問う。

「勝乃殿、そなた、誰ぞに脅されておるのか」

すると勝乃は、驚愕した顔を上げた。しかしそれは一瞬のことで、澄ました顔で答えを返す。

「何もございませぬ」

「まことか」

「はい」

父親が作ったような笑い声を出して言う。

「お言葉ではございますが甲州様、娘は人に弱みをにぎられるような者ではございませぬからご安心を。縁談の相手は、庄之助殿でございましょうか」

左近は厳しい目を向ける。

「孝義殿、そなたの目は節穴か。娘をよう見よ」

言われて、孝義は不安そうに振り返った。

「勝乃、どういうことじゃ。甲州様に隠しごとはならぬぞ」

「何もござりませぬ。わたくしは、いつもの勝乃でございます」

笑みさえ浮かべる勝乃に、左近は告げる。

「手川と鳥越をこれへ連れてくると申しても、まだ白を切るか」

目を見張った勝乃は、見る間に顔を歪めて泣き崩れた。

驚く父親の前で膝を進めた勝乃は、庄之助の前に行くと、

「お許しください。どうかこのとおりです」

泣き伏しながら詫びた。

妹と仲がよかったはずの相手に頭を下げられて、庄之助は辛そうな顔をしている。

「ほんとうに、妹を襲わせたのか」

「はい」

これには父親が慌てた。

「勝乃、そなた何を言うておる。どういうことだ！」

「静かに聞け」

左近が制し、勝乃にすべて話すよう告げる。

平伏したままの勝乃は、胸の内の苦しみを吐き出した。

それによると勝乃は、密かに想いを寄せていた白山家の長男に嫁ぐ愛代に嫉妬してしまい、その想いはいつしか恨みへと変わってしまった。

破談になってしまえ。寝てもさめてもそう思うようになった勝乃は、遊び仲間だった松上に金を渡して、愛代を襲うよう頼んだのだ。

松上は勝乃のために、すぐ動いた。

三人の仲間を集め、勝乃の望むとおりにしたのだ。

勝乃の告白を聞きながら黙って耐えていた庄之助は、下を向いたまま口を開く。

「まさかそなたは、妹に四人の名前を教えたのか」

「いえ。抵抗する愛代殿を押さえようとした松上殿が、顔を見られたのです。それを見て他の三人も開き直り、息苦しい覆面を取ったそうです」

「妹は、四人を知っていたのか」

「わたくしと一緒にいる時に、一度だけ外で顔を合わせておりました」

「そなたは、妹が苦しんでいる時に会いに来たが、心配するふりをして、腹の底では笑っていたのだな」

「いえ……」

「嘘を申すな！」

声を荒らげる庄之助に対し、勝乃は涙声で告げる。

「笑ってなどおりませぬ。いつまで待っても白山家とは破談になったという知らせが来なかったものですから、思い切って愛代殿を訪ねたのです。疲れたような顔をしていても、普段と変わらぬ笑顔を見せられて、手川らに手籠めにされたことなどまるでなかったように振る舞う愛代殿に、落胆したのでございます」

聞くに耐えぬ言葉を吐き出す勝乃に、庄之助は恨みに満ちた目を向けて問う。

「それで、どうしたのだ」

勝乃は顔を上げずに答える。

「白山家に匿名(とくめい)の文を送り、愛代殿が手籠めにされたことを知らせました」

庄之助は袴(はかま)をにぎりしめて、今にも弾(はじ)けそうな怒りを必死にこらえている。歯を食いしばり、声を絞(しぼ)り出すように問う。

「愛代が自ら命を絶つとは考えなかったのか。それとも、傷ついた妹にとどめを刺すために、白山家に文を送りつけたのか」

「わたくしはただただ、縁談を壊したかっただけです」

「妹は、そなたを親友と思うていたのだぞ。あまりに、あまりにむごい仕打ちだ」

庄之助は拳(こぶし)で畳を突き、赤くなった目を向ける。

「ほんとうに、命を奪おうとまでは思っていませんでした。信じてください」

「信じられぬ！」

勝乃は声をあげて泣いた。

庄之助は今にも飛びかかりそうな顔をしている。

左近は又兵衛に命じて、庄之助を勝乃から遠ざけた。そして勝乃が落ち着くのを待ち、改めて問う。

「庄之助には今、そなたが雇った松上と下関を討った疑いがかけられている。愛代殿を死なせてしまったことをこころから詫びる気持ちがあるなら、頭を上げて、知っていることをすべて話せ」

はいと応じた勝乃は両手を膝に置き、神妙な面持ちで語った。

それによると、松上を手伝った手川は、下関の口から黒幕が勝乃だと知って悪事を思いついていた。

勝乃から銭を取り、思うままにしてやろうと考えて鳥越と結託し、まずは勝乃に惚れている松上と、松上の親友であるため邪魔になりそうな下関を殺した。

そして勝乃の父親に仕える中間を取り込んで繋ぎを取り、悪事をばらされたくなければ言うとおりにしろと脅していたのだ。目付役に庄之助が殺しの下手人だと訴えたのも、おそらくはその中間だという。

「これが、すべてにございます」

平伏する我が娘に、父親の孝義は言葉を失っている。心痛に顔を歪め、離れた場所に座らされていた庄之助の前に行くと正座し、平身低頭した。

「何も知らなかった。死んでお詫び申し上げる」

こころから詫びた孝義は、庭に駆け下りてこちらに向いて座ると、裃（かみしも）をはずして着物の前をかっ開き、脇差を抜いた。

左近に応じて止めたのは、庭で警戒していた早乙女一蔵だ。

一蔵は、顔見知りの連中がした悪事に暗い顔をしている。

「元目付役として恥ずかしゅうござる。手をお離しくだされ」

「甲州様がお許しになりませぬ」

一蔵にそう言われて、孝義は脇差から手を離し、両手をついて泣いた。

左近が庄之助に問う。

「庄之助、勝乃をどうしてほしい」

庄之助は悔し涙を流しつつも、左近に告げる。

「一生をかけて、妹に償（つぐの）うてほしゅうございます」

すると孝義が、庭で声をあげた。

「庄之助殿、ほんとうに生かしてくださるのか」

庄之助が向いてうなずくと、孝義は両手を合わせて告げる。

「勝乃とは今日限り親子の縁を切り、出家させまする」

親に可愛がられ、何不自由なく生きてきた勝乃にとっては、死ぬよりも辛いことだろう。

庄之助はそれでよいと言い、左近に懇願した。

「妹を手籠めにした手川と鳥越を、この手で討ちとうございます」

「では、余が助太刀をいたそう」

庄之助は慌てた。

「甲州様のお手をわずらわせるわけにはまいりませぬ。それがしが必ず、悪人どもを討ち取ってみせまする」

頭を下げる庄之助に、勝乃が申し出た。

「罪滅ぼしのために、わたくしにもお手伝いをさせてください」

「いらぬ」

強く拒む庄之助に、勝乃は訴えた。

「手川は剣術に優れており、道場では百人を相手にしても負けぬ腕前だと聞いてございます」

「わたしとて腕に覚えはあるのだ。奴らはこの手で必ず討つ」

強がりに見えた左近が案じていると、勝乃が必死に言う。

「今さら信じてはいただけぬでしょうが、わたくしは松上殿に、愛代殿を一晩攫うだけで、手を出さぬようお願いしていたのです。松上殿もそのつもりでしたが、手川と鳥越が言うことを聞かず、ひどいことをしたと申しておりました」

庄之助は勝乃を睨んだ。

「それがどうしたと言うのだ」

「わたくしにとっても、手川と鳥越は憎い相手。どうか、お手伝いをさせてください。わたくしが誘い出して酒に酔わせますから、そこを仕留めてくださりませ」

庄之助は考える顔をして黙っていたが、ため息をついた。

「わかった。我が屋敷で知らせを待つゆえ、早々に誘え」

「承知いたしました」

「よい場所がある」

そう告げた孝義が、左近に頭を下げる。

「甲州様、元目付役のそれがしが、命を投げ打ってでも庄之助殿に本懐を遂げていただきまする」

左近は、死んで詫びようとした孝義を信じた。

「くれぐれも、頼むぞ」

「はは！」

頭を下げて帰る親子と庄之助をその場で見送った左近が立つと、又兵衛が問う。

「殿、どちらに行かれます」

「ちと出てくる」

「ちとではありますまい。それがしもお供しますぞ」

「余は、一蔵の屋敷に将棋を指しに行くだけだ。一蔵、まいるぞ」

急な申し出に一蔵は驚いたものの、嬉しそうな顔で快諾した。

残された又兵衛は、不服そうに言う。

「将棋などと言うて、どうせ助太刀をするおつもりであろう」

七

「若様……」

「何も言うな。これは甲州様も承知されていることだ」

庄之助は、止めようとする富田を黙らせ、父の形見である備前長船を手入れし、鞘に納めた。

勝乃から知らせが来たのは先ほどだ。

襷がけをする庄之助に、富田が問う。

「もう止めませぬ。せめて場所をお教えください」

庄之助は紙を差し出した。

手に取った富田が、眉間に皺を寄せる。

「竹内家の別宅に呼び寄せているのですか」

「申したはずだ。孝義殿が助太刀してくださる」

「信じてよろしいのですか。娘のことですぞ」

「死んでわたしに詫びようとしたのは、偽りではなかった。甲州様も、頼むとおっしゃったのだ」

「甲州様が……」

富田は納得し、途中まで送ると言ってついて出た。

表門で孝義の若党が待っており、先に立って案内した。

竹内家の別宅は小石川にある。

日が暮れてから到着した庄之助は、結局ついてきた富田と二人で奥の六畳間に入り、その時を待った。

孝義も襷がけをし、二人の家来と共に息を潜めている。

中庭を挟んだ向かいの部屋が、憎き仇どもが来る場所だ。

手川の手下になり下がった中間は、何も知らず迎えに行っている。その中間に案内されて、手川と鳥越が廊下に現れた。

「誰もおりませんから、たっぷり楽しんでください」

中間はにやつきながらそう告げると、手川から酒手を受け取り下がった。

廊下を曲がったところで中間は孝義の若党に口を塞がれ、別の若党に棒で頭を打たれると、声もあげることなく気絶した。

罠とは知らぬ手川と鳥越は、勝乃に酌をさせた。

手川が一息に飲み干し、勝乃を引き寄せる。

「お前から誘うとは珍しいではないか。わしらのことが忘れられなくなったか」

胸に手を入れられて、勝乃は嬉しそうな笑みを浮かべた。

「まだ早うございます。お酒をもう一杯どうぞ」

杯を渡された手川は、酌を受けながら勝乃の顔を見据えている。そして、庭の先に目を向け、鳥越に顎で指図した。

鳥越は杯を置いて突然立ち上がり、抜刀して切っ先を勝乃に向けた。

息を呑んで固まる勝乃から離れた手川が、庄之助が潜む部屋とは別の部屋に向かって怒鳴る。

「そこにおる者、出てこい！」

孝義が家来と共に出ると、別の部屋からも六人の家来が現れ、逃げ道を塞いだ。

動じぬ手川は、余裕の笑みさえ浮かべている。

「どうせこんなことだろうと思うておったわ。親父殿、娘の命を助けたければ刀を捨てて道を空けろ」

庄之助が部屋から出ようとしたが、孝義が前を塞いで立ち、手川に告げる。

「娘は取り返しのつかぬことをした。斬りたければ斬るがよい。者ども、かかれ！」

抜刀した家来が、気合をかけて迫る。

手川は抜く手も見せず刀を一閃した。

腹を斬られて倒れる家来を見もしない手川は、庭から足を狙ってきた家来の刀を跳んでかわし、幹竹割(からたけわ)りに斬り倒した。

隙(すき)を突き、背後から斬りかかろうとした家来だったが、右の障子から突き出た切っ先に首を貫かれた。鳥越が機を狙っていたのだ。

呻く家来から刀を抜いた鳥越は、座敷に入ってきた別の家来が斬りかかる一刀を弾き上げ、喉を突く。

刃を引き抜いて背を向けた鳥越は、逃げようとした勝乃の腕をつかんで廊下に出た。

手川は、向かってきた二人の家来を斬り倒し、薄ら笑いを浮かべながら孝義のもとへ突き進む。

あるじを守る二人の若党が、気合をかけて斬りかかる。

刀と刀がぶつかる音が響き、火花が散った時、一人目の若党は胸を突かれて倒れた。

「おのれ！」

同輩を斬られて怒りをぶつけた若党が斬りかかる刀を弾いた手川は、片手斬りに喉を狙う。

目を見張って喉を押さえた若党は、庭に落ちた。

覚悟をした表情で刀を構えた孝義は、中にいる庄之助に告げる。

「あの世で寛斎殿に詫びる」

孝義は、手川と刺し違える気だ。

庄之助は障子を開けて外に出ると、孝義を止めようとした。

だが孝義は手を振り払い、手川に向かっていく。

「えいっ！　やあっ！」

裂帛の気合をかけて立て続けに打ち下ろした袈裟斬りと返す刀を、手川はすべて片手で弾いてみせる。

その強さに、孝義は歯を食いしばった。

「父上！」

「黙れ勝乃。お家の名に泥を塗った者を娘とは思わぬ」

「ふん、そう言えば娘の命を取らぬとでも思うたか」

手川が刀を鞘に納め、抜刀術の構えを取る。

「皆殺しだ」

猛然と迫る手川に応じて、孝義は斬りかかる。

それは一瞬だった。

鞘走りを利用した凄まじい太刀筋で胸を斬られた孝義は、声もなく倒れた。

それを見た勝乃は、倒れている家来の手から刀を取り、鳥越に向けた。

「けだもの！」

叫んで斬りかかるのを片手で受け止めた鳥越は、そのまま押して刃を首に当てた。

目を見張る勝乃に、血も涙もない笑みを浮かべて引き斬った。

倒れた勝乃は、庄之助に手を向けて目から涙をこぼした。

「こうなったのも、愛代のせいよ。愛代が、憎い」

死ぬ間際まで妹を悪く言う勝乃を見ていた庄之助は、こちらに来る手川に向き、備前長船の鯉口を切った。

手川が対峙して、薄笑いを浮かべながら抜刀術の構えを取る。

「原方寛斎の息子がどれほどのものか、とくと見てやろう」

「妹の無念を思い知らせてくれる」

「ふん。勝乃よりは、いい身体をしておったぞ」

「黙れ！」

猛然と迫り、抜刀術で一閃した庄之助の太刀筋は見切られ、かわすと同時に手川が抜く。

鋭い太刀筋は、庄之助の小手を傷つけた。

「若様！」

「来るな！」

富田に叫んだ庄之助は、ふたたび抜刀術の構えを取った。

手川が応じて刀を鞘に納め、じっと睨み合う。

額(ひたい)から汗を流す庄之助は、妹の死に顔と、父の苦しそうな顔を目に浮かべ、憎い仇に向かっていく。

だが手川は下がり、鳥越が横手から斬りかかってきた。

不意を突かれたが、辛(かろ)うじて一撃をかわした庄之助は胸を蹴られ、襖を突き倒して座敷に転がった。

すぐに起き上がろうとしたところへ、鳥越が迫る。

「面倒くさい野郎だ。妹のところに行け！」

刀を突き入れようとしたその時、鳥越の腕に手裏剣が突き刺さった。

呻いた鳥越が部屋から出て、廊下の暗がりに立っている影に向く。

「何者だ！」

明かりが届く場所に歩み出たのは、藤色の着物を着けた左近だ。

「中州様」

富田が頭を下げると、手川と鳥越が驚愕した。

左近は二人を見据え、起き上がった庄之助に告げる。

「助太刀いたそう」

「かたじけのうございます」

うなずいた左近は、倒れている孝義の生死を確かめた小五郎が首を横に振るのを見て、手川と鳥越に顔を向ける。

「今は浪人新見左近だ。遠慮はいらぬぞ」

鳥越は悪い笑みを浮かべた。

「こうなっては、死んでもらうしかあるまい」

言うなり斬りかかる鳥越の刀を、左近の安綱が弾き返す。

葵一刀流（あおいいっとうりゅう）の剛剣に触れ、鳥越は絶句して後ろに下がる。

憎々しげに左近を睨み、ふたたび向かってきた鳥越が鋭い突きを繰り出した。

太刀筋を見切った左近は切っ先をかわし、鳥越の胴を斬り上げてすれ違う。

背後で呻いて倒れた鳥越を見ぬ左近は、手川に目を向けている。

手川は油断なく間合いを詰めると、抜刀術の構えを取った。

一拍の間ののち、先に動いたのは左近だ。

手川はしめたとばかりに、抜く手も見せぬ必殺技を遣う。

甲州の腹を斬る。

手川はそう確信したものの、すぐに息を呑んだ。先に動いた左近に、抜く手を押さえられたからだ。

手川は跳びすさった。目の前に迫る左近に慌て、刀を抜こうとしたが、

「うっ」

安綱の柄(つか)で腹を突かれ、呻いて片膝をつく。

「おのれ！」

片膝をついたまま刀を抜いて一閃した手川だったが、左近は安綱の切っ先を下に向けて受け止め、そのまま峰(みね)を滑らせる。

柄頭(つかがしら)で額を打たれた手川が仰向けに倒れた。それでも観念せず、朦朧(もうろう)としながら立ち上がる。

「庄之助、今だ」

左近に応じた庄之助は、目を見開く手川に迫る。

「ま、待て！」

「妹の無念を思い知れ！」

叫んだ庄之助は、怒りの剣を打ち下ろした。

倒れる仇を見下ろした庄之助は、涙を拭い、左近に向いて片膝をつく。

「助太刀していただき、ありがとうございました」

「あとのことは余にまかせよ。そなたは屋敷で、寛斎殿の跡目を継ぐ許しを待て」

「父の跡は継ぎませぬ」

「若様」

「言うな富田」

用人を黙らせた庄之助が、左近に告げる。

「父と妹の霊をなぐさめるために、これより四国へ巡礼の旅にまいります」

庄之助の決心は固いようだ。

左近は止めずに言う。

「戻ったら、必ず余のもとにまいれ」

「いつになるかわかりませぬ」

「それでも待とう」

庄之助は驚いた顔を上げたが、目に涙を浮かべて頭を下げた。

このの ち、三島屋で手に入れた田島櫛を亡き妹、愛代の墓前に供えた庄之助は、西へ向けて旅立っていった。

竹内孝義は病死と届けられ、家督は長男が継ぐこととなった。

これを許した綱吉のもとに柳沢が来ると、かしこまって頭を下げながら言上する。

「上様、よろしいでしょうか」

写仏を眺めていた綱吉は、座して頭を下げる忠臣を見据えた。

「不服そうな顔をしておるな。苦しゅうない、申せ」

「竹内殿の死には、綱豊殿が関わっているようです。妹を死に追いやられた者の無念を晴らす助太刀までされたようですから、何があったのか、真相を確かめとうございます」

「綱豊がしたことだ。放っておけ」

「しかし竹内殿は、上様が町奉行にお引き立てを考えておられたほどの人物。うやむやにしてよろしいのですか」

「くどい。下がれ」

綱吉の声音が変わったのを聞き逃さぬ柳沢は、素直に応じ、頭を下げて出ていった。

絵を見る気が失せた綱吉は、廊下に出て縁側に立ち、渋い顔で庭を見つめた。

左近が赤穂浪人を気にして捜させているのを知っているだけに、綱吉は柳沢が告げたことが耳から離れなくなった。

「まさか、手を貸そうなどと思うてはおるまいな」

そう独りごちた綱吉は、表情を険しくした。

吉良上野介の周囲の雲行きが怪しいことを知っているからこそ、左近が巻き込まれるのを案じているのだった。

この作品は双葉文庫のために書き下ろされました。

双葉文庫

さ-38-25

新・浪人若さま 新見左近【十二】

すももの縁

2022年12月18日　第1刷発行

【著者】
佐々木裕一
©Yuuichi Sasaki 2022
【発行者】
箕浦克史
【発行所】
株式会社双葉社
〒162-8540 東京都新宿区東五軒町3番28号
［電話］03-5261-4818（営業部）　03-5261-4868（編集部）
www.futabasha.co.jp（双葉社の書籍・コミックが買えます）
【印刷所】
中央精版印刷株式会社
【製本所】
中央精版印刷株式会社

【フォーマット・デザイン】
日下潤一

落丁・乱丁の場合は送料双葉社負担でお取り替えいたします。「製作部」宛にお送りください。ただし、古書店で購入したものについてはお取り替えできません。［電話］03-5261-4822（製作部）

定価はカバーに表示してあります。本書のコピー、スキャン、デジタル化等の無断複製・転載は著作権法上での例外を除き禁じられています。本書を代行業者等の第三者に依頼してスキャンやデジタル化することは、たとえ個人や家庭内での利用でも著作権法違反です。

ISBN978-4-575-67138-4 C0193
Printed in Japan

佐々木裕一
闇の剣
浪人若さま 新見左近 決定版【一】
長編時代小説

浪人姿で町へ出て許せぬ悪を成敗す。この男の正体はのちの名将軍徳川家宣。剣戟、恋、人情、そして勧善懲悪。傑作王道シリーズ決定版！

佐々木裕一
雷神斬り
浪人若さま 新見左近 決定版【二】
長編時代小説

仇討ちの旅に出た弟子を捜しに江戸に来たという剣術道場のあるじと知り合った左近。事情を聞き、本懐を遂げさせるべく動くのだが――。

佐々木裕一
おてんば姫の恋
浪人若さま 新見左近 決定版【三】
長編時代小説

左近暗殺をくわだてる黒幕の正体がついに明らかに⁉ そして左近を討ち果たすべく、最強の敵が姿を現す！ 傑作シリーズ決定版第三弾‼

佐々木裕一
将軍の死
浪人若さま 新見左近 決定版【四】
長編時代小説

信頼していた大老酒井雅楽頭の裏切り、慕っていた将軍家綱の死。失意の左近に、最大の危機が迫る！ 人気時代シリーズ決定版第四弾‼

佐々木裕一
陽炎の宿
浪人若さま 新見左近 決定版【五】
長編時代小説

国許の民から訴状が届いた。甲府の村の領民が苛政に苦しんでいると知った左近は極秘でお国入りを果たす。人気シリーズ決定版第五弾‼

佐々木裕一　日光身代わり旅
浪人若さま 新見左近 決定版【六】
長編時代小説

綱吉の命を狙う曲者が現れた。曲者を捕らえ黒幕を暴くべく綱吉から日光社参の際の影武者を命じられた左近は、決死の道中に挑む！

佐々木裕一　浅草の決闘
浪人若さま 新見左近 決定版【七】
長編時代小説

意地を張り合う二人の浪人が果たし合いをすることに。左近をも巻き込む、決闘の結末は——。人気時代シリーズ、決定版第七弾!!

佐々木裕一　風の太刀
浪人若さま 新見左近 決定版【八】
長編時代小説

殺された藩主たちの仇討ちを誓う元藩士と知り合った左近。宿願を果たさせるべく力を貸すことに——。人気時代シリーズ決定版第八弾!!

佐々木裕一　大名盗賊
浪人若さま 新見左近 決定版【九】
長編時代小説

将軍家御用達の店ばかりを狙う盗賊が現れた。綱吉を深く恨み、市中を混乱に陥れる賊の正体とは——？　人気時代シリーズ決定版第九弾!!

佐々木裕一　不穏な影
新・浪人若さま 新見左近【一】
長編時代小説
〈書き下ろし〉

浪人姿に身をやつし市中に繰り出し悪を討つ。その男の正体は、のちの名将軍徳川家宣——。大人気時代小説シリーズ、双葉文庫で新登場！